夜に駆ける

YOASOBI小説集

星野舞夜
いしき蒼太
しなの
水上下波

双葉社

contents 目次

夜に駆ける

YOASOBI小説集

第一章

夜に駆ける

星野舞夜「タナトスの誘惑／夜に溶ける」

八月十五日。もうとっくに日は沈んだというのに、辺りには蒸し暑い空気が漂っている。

マンションの階段を駆け上がる僕の体からは、汗が止めどなく噴き出していた。

「さよなら」

たった四文字の彼女からのＬＩＮＥ。

それが何を意味しているのか、僕にはすぐに分かった。

お盆の時期にもかかわらず職場で仕事をしていた僕は、帰り支度をしたあと急いで自宅のあるマンションに向かった。

そして、マンションの屋上、フェンスの外側に、虚ろな目をした彼女が立っているのを見つけた。

飛び降り自殺を図ろうとする彼女の姿を見たのは、実はこれでもう四回目だ。

世の中には二種類の人間がいるという。

生に対する欲動――「エロス」に支配される人間と、
死に対する欲動――「タナトス」に支配される人間。

この世界の人間のほとんどは前者だが、彼女は紛れもなく後者だった。

彼女が「タナトス」に支配される人間だということは、彼女と付き合い始める前から知っていた。

それもそのはず、僕たちが出会ったのは、今のようにマンションの屋上で自殺を試みようとしている彼女を、僕が助けたのがきっかけだった。

最近同じマンションに引っ越してきたという女の子。つぶらな瞳にぽってりとした唇と、可愛らしい顔立ちだが、どこか儚《はかな》げな表情をしている彼女は、一瞬で僕の心を奪った。きっと一目惚《ぼ》れのようなものだったと思う。

その時から彼女とはいろいろな話をするようになり、すぐに仲良くなった。ブラック会社に勤めながら独りきりで寂しく暮らしていた僕にとって、彼女はまるで天から舞い降りた天使のようだった。

ひとつ疑問に思うことがあった。
彼女は自殺を図ろうとする時、決まって僕に連絡を入れる。そして、僕が来るまでその場で待っている。

誰にも知らせずひとりで死んだほうが確実なのではないかと思うが、もしかしたら彼女は、出会った時のように僕に自殺を止めてほしい、助けてほしいと、心のどこかでそう思っているのではないかと、勝手に解釈していた。

だから、僕は今夜もこうやってマンションの階段を駆け上がる。

「はぁっ、はぁっ……」

マンションの屋上にたどり着く。
フェンスの向こうに立つ、彼女の背中を見つけた。

「待って……!!」

フェンスを乗り越え、彼女の手を取る。
彼女の手は、蒸し暑い空気に反して冷たかった。

「はなして」

鈴の音に似た、儚くて可愛らしい声。僕は彼女の声も好きだった。

「なんで、そうやって、君は……！」
「はやく、死にたいの」
「どうして……！」
「死神さんが呼んでるから」

彼女には、「死神」が見える。「タナトス」に支配される人間に稀《まれ》に見られる症状なのだという。

そして「死神」は、「タナトス」に支配されている人間にしか見ることができない。

「死神なんていないよ」
「なんで分かってくれないの……！」

僕が死神を否定すると、彼女は決まって泣き叫ぶ。

死神は、それを見る者にとって一番魅力的に感じる姿をしているらしい。いわば、理想の人の姿をしているのだ。

彼女は死神を見つめている時（僕には虚空《こくう》を見つめているようにしか見えないが）、まるで恋をしている女の子のような表情をした。まるでそれに惚れているような。

僕は彼女のその表情が嫌いだった。

「死神なんて見てないで、僕のことを見て」

「嫌……！」

彼女が僕の手を振り払おうとしたので、思わず力強く握ってしまった。

「痛い……！」

「！　ごめん……」

でも、君が悪いんじゃないか。僕の手を振り払おうとするから。僕のことを見てくれないから。

「死神さんはこんなことしないよ……！」

僕の心にどす黒いものが押し寄せてくる。

「なんで……」

なんで、こんなにも僕は君のことを愛しているのに、君は僕だけを見てはくれないのだろう。

死神に嫉妬《しっと》するなんて、馬鹿げていると心のどこかでは思っていたが、もうそんなことはどうでもよかった。

「もう嫌なの」

僕も嫌だよ。

「もう疲れたのよ」

僕も疲れたよ。

「はやく死にたいの」

「僕も死にたいよ!!」

その時、彼女が顔を上げた。

ニッコリと笑っていた。

彼女の笑顔を見た途端、急に心のどす黒いものが消える感覚がした。

あれ、これってもしかして。


「やっと……気づいてくれた？」

「ああ……やっと分かったよ」

「ほんと……？　よかったぁ」


ああ、そうか。

君が自殺を図ろうとする度に僕のことを呼んだのは、僕に助けてもらいたかったからじゃない。

君は、僕を連れて行きたかったんだ。

僕にとっての「死神さん」は、彼女だった。

涼しい風が吹き抜ける。いつの間にか蒸し暑さなど感じなくなっていた。

「じゃあ、行きましょうか」

「ああ、行こうか」

手を繋《つな》いだ君と僕。

この世界が僕らにもたらす焦燥《しょうそう》から逃れるように、

夜空に向かって駆け出した。

＊＊＊

どこまでも広がる夜空の下、

隣には、眠るように目を瞑《つぶ》った彼がいる。

これでもう、私の役目は終わり。

私は、「死にたい」というあなたの思いから生まれてきた、あなたの目にしか映らない幻想に過ぎない。

あなたを殺すこと、それが私の役目だった。

あなたは外から帰ってくる時、いつも疲れた顔をしていた。

でも、私と一緒にいる時は、たまに嬉しそうな顔を見せてくれた。

私は散々あなたを苦しめていたというのに、どうしてそんな顔を見せてくれていたのか今でも不思議でしょうがないけれど、

私は、あなたのその表情が大好きだった。

もうそんな顔も見られないのかと思うと、ちょっと寂しいな、と思う。
皮肉だよね。あなたから表情を奪ったのはこの私だというのに。

でも、許してほしい。あなたが「死にたい」と思ってくれなければ、私は生まれなかった。
私があなたの救いになれていたらいいなと思う。

私と出会ってくれてありがとう。
感謝を込めて、彼の唇にキスをする。
やはり彼は目を瞑ったまま、動かない。

ああ、ほら、はやく行かなきゃ。
死神さんが呼んでいる。

夜空には、たくさんの星が舞うように煌《きら》めいている。
人は死んだら星になるらしいけれど、
こんな私でも、あの中のひとつになれるのかな。
もしなれるのだとしたら、あなたの隣に並ぶ星になりたい。

ああ、でも生まれ変わるのもいいな。

生まれ変わるなら花か蝶に生まれ変わりたい。

長閑《のどか》な野原であなたと一緒にのんびりと暮らしていたい。


でも、やっぱり人間に生まれ変わるのも捨てがたいなと思ってしまう。

人間でいることは苦しいのかもしれないけれど、あなたと一緒なら大丈夫なのかもしれない。

そしたらいつか、あなたが心から幸せそうに笑う姿を見てみたい。もちろん、私の隣で。

沈むように溶けていくように、

二人だけの空が広がる夜に。

二人一緒なら大丈夫。
あの遠い夜空へと、どこまでも駆けて行ける。

この手を離さなければ、きっと。

繋いだ手の感触はそのままに、
この世界の焦燥から解放された私たちは、
どこまでも続く夜へと溶け込んでいった。

第二章

あの夢をなぞって

いしき蒼太「夢の雫と星の花」

プロローグ

七月二十七日、音見川《おとみがわ》の花火大会。町を見下ろす風撫《かぜな》で丘《おか》。一発の大きな花火が光のカーテンのように目の前いっぱいに広がっている。隣を見れば君がいる。君が口を開いた。

「好きだよ」

君の声がくぐもって聞こえた。まるで水の中にいるみたいだ。

音のない世界で花火が花開き、君の声だけが聞こえた。

私は君に告白される。それを知った瞬間だった。


私はベッドの上で目を覚ました。こちらが現実だと確かめるように目をぱちぱちと瞬《まばた》きする。徐々に白い天井がはっきりと見えるようになってきて、今のが予知夢だったのだと確信していった。

私は子どもの頃から予知夢を見ることができた。双見《ふたみ》家の女性はみな様々な形で未来を予知できるらしい。私は夢を見るという形で未来を予知することができた。未来を予知すると言っても、世界の危機とか壮大なものではなく、自分の身の回りの小さなことだけだった。明日の晩御飯が何とか、それくらいのこと。でも今回は男の子に告白されるという予知夢だ。十六歳の私にとっては、世界の危機以上に大事なことに思えた。

相手は一宮亮《いちみやりょう》。私の幼馴染みだった。私は彼のことが好きだ。でもそれを隠したくて、皆の前では少しきつく当たってしまっていた。そんな彼が私のことを好きだったなんて、今見た夢で初めて知った。いや、まだ私のことを好きになっていないのかもしれない。

壁に掛けられたカレンダーを横になったまま見つめる。今日は七月十三日。音見川の花火大会があるのは七月二十七日。

再び仰向きになって目を閉じた。

「二週間後」独り言がこぼれた。

この二週間の間に彼も私のことを好きになってくれるのかもしれない。そう考えると、顔が熱くなった。

1

四月に舞花《まいはな》高校に入学してから三か月が経ち、学校にもクラスにも大分馴染んできていた。一宮君とは同じ高校に通っていて同じクラスだった。小学生の頃からずっと同じ学校で、たまに同じクラスになった。同じクラスになれると密かに舞い上がっていた。

教室に着くとすぐに自分の机へと向かう。私の席は窓際の一番後ろだった。

お気に入りの席だったが、最近は日差しがきつくて、席替えが待ちどおしくなっていた。

私は早めに学校へ来るタイプで、教室にはまだ十人ほどしか生徒はいなかった。その十人ほどの中に彼はいた。

彼の席は窓際の一番前。その席に座り、机の向かいに立った友達と話をしている。茶色の髪で少しチャラそうな見た目をしているけれど、責任感を持ち合わせた人物だとクラスの皆は知っている。あんな見た目で学級委員長をやっている。短髪から覗《のぞ》く耳元に手を当てて机に肘をついている。その姿に一瞬見惚《みと》れてしまう。

いつもなら、机の上に鞄を置くと彼の近くの席の渡辺美沙《わたなべみさ》という友達のところに話をしに行く。その時に彼にも「おはよう」と挨拶くらいはするのだが、今朝の夢のことを思い出すと、なかなか彼の近くへは行けなかった。

私は少しの間、突っ立ったまま悩んだ挙句、結局自分の席に腰を下ろすことにした。

授業中は、前の四人の背中が邪魔をして彼の頭くらいしか見えないが、今は、彼の後ろ姿がしっかりと見える。ずっと見ていられる気がする。でも次は隣の席が良いなぁなんて考えながら、しばらく彼の後ろ姿を眺めていると席に座って友達としゃべっていた彼が振り返って私の方を見た。そして、席を立って、こっちに向かって歩いてくる。彼が私に近づけば近づくほど、胸の鼓動が速くなっていくようだった。

何？　何？　何？　なんでこっちに来るの？　頭の中はパニックになっている。

そのまま彼はまっすぐ私の目の前までやってきた。

「どうしたんだ？」彼はそう言って私の顔を覗き込んでくる。

「え？　どうしたって？」顔は硬直し、目が泳いでしまう。

「いや、お前いつも渡辺としゃべってるじゃん。喧嘩《けんか》でもしたのか？」彼はそう言って美沙の方に視線を向ける。

「いや、そうじゃないけど」

「じゃあ熱でもあんのか？」彼が私の額に手を当てようとした。私は恥ずかしさに耐えきれなくて、彼の手を振り払ってしまった。

小学生の頃なら「触るな」ときつい言葉ではあるにしても冗談みたいな言い方ができていたのに、今は……本気で振り払ってしまった。

「あ」と私の口から後悔する声が漏れた。それなのに続けて「大丈夫だから」と冷たく言ってしまった。

「そっか」彼はそう言うと自分の席に戻って、また友達と雑談を始めたようだった。

やってしまった。これも夢のせいだ。周りの音が遠のいていくようだった。こんなことをしてしまって、本当に彼に告白なんてされるのだろうか。未来が変わってしまったりしないか不安になった。

未来予知には一つ欠点がある。予知した通りの未来にならなければ、予知能力を失ってしまうということだ。これは祖母から聞いた話だった。祖母も未来予知ができた。祖母は予知夢という形ではなく、一分先の未来が脳裏に浮かぶというものだったらしい。

二十年ほど前、祖母が六十二歳の時、祖母は祖父が交通事故に遭う予知をした。その時祖母は祖父と一緒に歩道を歩いていて、自分たちが向かう先にある横断歩道で祖父が車に轢《ひ》かれるという予知をした。そこで祖母はそのことを祖父に話し、二人は予知で見た横断歩道を通らない道を選んだ。結果、予知した交通事故は起こらず、祖父は助かったのだが、祖母は予知能力を失ってしまった。

その話を私にしてくれた時に祖母はこうも言った。

「予知したことは変えることができる。ただし一回だけ。変えてしまえば予知の能力を失ってしまうからね。楓《かえで》、その一回は大切な人を助けるために使いなさい」と。

だから、彼に告白されるという未来にその一回を使うわけにはいかない。だってこれは嬉しい未来だから。変えるわけにはいかない。祖母は予知を変えて、予知能力を失ったことを後悔していない。私も予知を変えるなら後悔はしたくない。

彼の手を振り払ってしまったのはひどい失敗だったのかもしれない。これからは彼にきつく当たらないようにしようと心に決めた。それに花火大会に一緒に行けるくらい仲良くなりたい。


そう思ってから、六日が経ってしまった。七月十九日。明日からは夏休みだ。花火大会まで二週間もあると思って、少し安心していたけれど、夏休みのことを完全に忘れていた。夏休みに入ると彼と会うこともなくなってしまう。

花火を一緒に見に行く約束なんてまだしていない。この前のこともあるし、彼の方からはもう誘ってくれないだろう。一緒に花火に行かなければあの場面での告白は起こりえない。そうしたら私は予知の能力を失ってしまう。

ため息がこぼれた。

花火に誘うなら今日しかない。この前のことを謝って、こちらから花火に誘おう。それしかない。

学校へ向かう道を歩きながら、そう決心した時だった。近くで車のクラクションが聞こえた。世界がスローモーションになったように感じた。思考が追いつかず、ただ死ぬと思った。

その時、左腕を誰かに引っ張られた。次の瞬間には世界のスピードは元に戻っていて、目の前を軽トラックが通り過ぎて行くのが見えた。

「危ないだろ！　バカかお前！」

近くで大きな声が聞こえて、ビクリと震えてしまう。恐る恐る振り返ると彼がいた。私は登校中に信号のない道を周りもよく見ずに渡ろうとしてしまって、そこを彼に助けられたようだった。

「ごめん」そう言って見上げると彼は少し息を切らしていた。

彼を見ながら私はこんなことが前にもあったことを思い出していた。

小学生の時に川に落ちそうになった私の手を摑《つか》んで助けてくれたことがあった。今みたいに。

それが彼を好きになったきっかけだった。

彼と一緒に学校へと向かう。この前のことを謝って、花火に誘う予定だったのに、謝ることがもう一つ増えてしまった。計画はいきなり頓挫《とんざ》してしまい、足取りは重い。

学校までの道のり、彼は常に車道側を歩いてくれた。彼の優しさを嬉しく思いながらも、申し訳なさに俯《うつむ》いてしまう。少しして前を見て歩かないと危ないと気が付いて顔を上げる。でもしばらくするとまた俯いてしまっている。それを何度か繰り返していた。そうしているうちに、ちゃんと謝ろうと決めた。

「ねぇ」

「ん?」半歩だけ前を歩いていた彼がこちらを向く。

「あの……ごめん」

「いいよ。さっきも謝っただろ?」

「うん。でも今日のことと、この前のことも」

「この前ってなんかあったか?」

「この前教室で一宮君の手を振り払ったでしょ」

「ああ、あれね。あれは俺が悪かったからな。気にするな」

「うん」

もう校門が見えてきていた。いつも遅刻する生徒に目を光らせている生徒指導の先生が校門の前に立っているのも見える。まだ遅刻なんて時間じゃないのに。

「そんなことより、気を付けて歩けよな。子どもの時から言ってるけど」

「分かってる」

「分かってなかっただろ？　あとごめんじゃなくて、ありがとうだろ？　こういう時は」

「うん……ごめん……じゃなくてありがと」

「それじゃお礼に今度、俺と一緒に花火を見に行ってくれないか？」

「え？」

「お礼だから、断んじゃねーぞ」

嬉しかった。それに予知夢が本当だったんだと思えた。私は本心を隠して、仕方ないとでもいうように「分かった」とだけ言った。本当はニヤニヤしてテしまいそうなくらい嬉しかったのに、口角が上がるのを必死で抑えた。足取りは軽くなる。この素直になれないところ、直さないといけないな。

朝、目を覚ますと部屋の壁に掛けられているカレンダーに目を向ける。夏休みに入ってからずっとそうしている。花火大会の日が近づけば近づくほど、期待と不安で胸がいっぱいになっていく。

「あと三日だ……ちゃんと予知通りになるよね……」

リビングに行き、テレビで天気予報をチェックする。花火大会の日はちゃんと晴れるみたいだ。きっと大丈夫と自分に言い聞かせた。

その日の夜、一宮君から電話があった。スマホに表示された一宮君の名前を見ると緊張でなかなか電話に出られなかったけれど、なんとか切れる前には決心できた。

「はいっ……」という第一声は上ずっていたかもしれない。でもその電話で待ち合わせ場所と時間を決めることができたし、ちゃんと予知のように二人で浴衣《ゆかた》を着ていくことにもなった。


花火大会当日。

「まぁ綺麗。お母さんの若い時そっくりよ」

神棚のある和室で母が着付けをしてくれていた。藍《あい》色に金魚が描かれている浴衣で、母のおさがりだった。若い頃、父と花火大会に行った時に着たものらしい。今でも全然古臭くないデザインで、とても可愛い浴衣だった。

「お母さんは予知を変えたことってもうあるの？」

後ろで帯を締めてくれている母が姿見越しにちらっと見える。

「まだないわね」

「そうなんだ」

ぎゅっと帯が締められた。その後も後ろで何やら色々してくれているみたいだけれど、こちらからは見えない。しばらくすると母が後ろから現れた。そして、最後に私の周りを回るようにして浴衣の皺《しわ》を伸ばしてくれる。

「はい、できたわよ」

姿見に映る自分の姿は大人っぽくて自分じゃないみたいだ。藍色の浴衣に赤い帯が映えている。

「こんなに可愛い娘の浴衣姿が見られているし、予知を変える必要なんてないわね」

母の言葉に自信が湧いてきた。姿見の前で巾着を持ってみたり、後ろ姿も確認するために体を捻《ひね》ったりしてみる。

「まさかあんた予知を変えて彼氏を作っちゃったとか？」隣に立っていた母が言った。

「違うよ！　その逆！　告白される予知夢を見たの」思わず言ってしまった。

「まぁまぁ、若いって良いわね」

母は口元に手を当てて、わざわざ流し目でこちらを見てくる。何かいやらしい想像でもしているみたいだ。

「もういい！　行ってくるね」

「いってらっしゃい。遅くなったらダメだからね」

私は飛び出すようにして家を出た。彼とは風撫で丘に続く石段の前で待ち合わせをしていた。それは家から歩いて三分ほどの距離にあった。下駄で歩くとコンコンという木の音が響いて心地よい。同じ方向へ向かう人は私以外にはいなかった。みんなお祭りの方へ行っているのだろう。

下駄で歩く歩幅はいつもより狭く、五分くらいかかって待ち合わせ場所に着いた。そこにはもう彼が浴衣姿で待っていた。彼の明るめの茶髪と黒い浴衣のギャップがかっこよくて、胸がときめいてしまう。

こういう待ち合わせが夢だった。想像では「待った？」と私が言うと彼が「今来たとこ」と答える。定番の想像。私はその夢を叶えてみることにした。

「待った？」

たった三文字なのにぎこちなかった。そして、声は小さい。

「いや、今来たとこだよ。浴衣可愛いな」

可愛いという言葉は想像していなくて、私は顔から火が出るんじゃないかと思うくらいに顔が熱くなった。それでも言われっぱなしではいられずに「そっちもなかなかじゃない？」と今度は声を張って、かなり上から目線なことを言ってしまう。本当はすごくかっこいいと言いたかったのに。結局言えなかった。全然素直になんてなれないな。

彼は面食らったような表情をしたが、すぐに微笑んで「じゃあ行こうか」と手を差し出してきた。恥ずかしいやら照れるやらで内心はキュンキュンしてしまっているけれど、大したことはないように装ったつもりでいた。しかし、彼の手を取ろうと手は出したものの、なかなかその手を取ることができなかった。するとと最後は彼が、私の手をぎゅっと握ってくれた。握った彼の手はとても大きかった。それから少し汗ばんでいた。でも全然気持ち悪くなんてなかった。暑さのせいなのか、それとも彼も少しは緊張してくれているのだろうかと想像すると自分の緊張が少しほぐれるようだった。


百段はあるだろう石段を二人並んで上がっていく。石段の幅はちょうど二人が並んで歩けるくらい。自然とさらに距離は縮まった。石段右脇には等間隔で石の外灯がいくつも灯っていて、石段の先には別の世界があるんじゃないかと錯覚を抱くくらい幻想的な雰囲気だ。周りの林からは虫の音が聞こえ、夏の夜の趣を感じさせてくれる。そして、その中を二人の下駄の音が通っていく。

「すごいなここ。夜はこんなふうになるんだ」彼は並んだ外灯を見て言った。

「うん」

この場所は私にとっては、馴染みのある場所だった。昼間にしか来たことはないけれど、夜はこの外灯が綺麗なんだと両親から聞いていた。

数分歩くと、視界が開けて頂上に着いた。頂上はテニスコートくらいの広さで一面に芝生が敷かれている。そして、隅の一角には小さな花畑がある。昼間の光景はよく知っているけれど、夜になると雰囲気は一変していた。暗くて彼がいなければ怖かっただろうと思う。

あの予知夢で見たのは町を見下ろせる場所で柵があった。たぶんあそこだ。私の太ももくらいの太さの木でできた柵が腰辺りの高さで二十メートルほどにわたって設置されている。その中央辺り。

自然と二人の足はその場所へと向かっていた。

「綺麗」思わずそう言葉が漏れた。

丘から町を見下ろすと木々の隙間から漏れ出す屋台や提灯《ちょうちん》の明かりが見えた。こんな小さな町では珍しい光のある夜景だ。

「屋台の方も行きたかった？」

「ううん。花火で十分だよ」

本当に花火だけで胸がいっぱいだった。屋台を一緒に回れるのは幸せだろうけど、緊張で私の心臓が持たないんじゃないだろうか。今は花火だけで十分だ。それに予知した通りに告白されれば、私は必ずＯＫする。その時くらいは絶対に素直になる。そうなればまた別の花火大会かお祭りにでも行って屋台を回ればいいのだから。


「そろそろ始まるよ」

彼がスマホの時計を見て、そう言ってからしばらくするとドンという音とともに大きな丸い花火が視界に広がって消えた。

綺麗だった。夢で見た花火より小さな花火なのに、実際に見る方が迫力があった。夢では彼の声以外の音が聞こえていなかったからかもしれない。

「すごいな」彼はそう呟《つぶや》くように言って、こちらを見る。目が合った。今告白されるんじゃないだろうかとドキドキしてしまう。

でも彼はまた花火の方へ顔を向けてしまった。私もまた花火に目を向ける。

音見川の花火大会は毎年約一時間にわたって、一万発もの花火が打ち上げられる。そして、最後に打ち上げられる四尺玉が有名な花火大会だ。

一発の花火を皮切りに様々な花火が打ち上がった。確かにすごい。毎年見ているはずなのに毎年驚かされている。

スマイルの絵文字のような花火や、スイカを半分に切ったような緑と赤の花火など可愛い花火もあった。大きく開いた花火の中を通って上空へ別の花火の玉が上がっていく。そして、さらに高い位置で花火が開く。高低のコントラストが美しい。

色んな色の花火があり、色んな音の花火があった。ドンドンやバチバチ、シャワーみたいなジャーという音など様々な音を奏でる花火たち。リズムよく上がる花火の音はまるで音楽のようだった。

中盤にはひゅーという花火が打ち上がる音とドンという花火が開く音がいくつも重なるくらいにたくさんの花火が連続で上がった。光の量に圧倒された。まるで昼間みたいに空が光で溢れていた。


一時間ほど二人並んで花火を楽しんだ。でも花火が始まってから時間が経つにつれて、だんだんいつ告白されるのだろうという方に気が向いてしまっている自分がいた。花火の光で明るくなったり暗くなったりしている彼の顔をちらっと見る。こんなに綺麗な花火を純粋に楽しめないのはなんとももったいない話だ。でももしこのまま花火が終わってしまえば、私は予知能力を失ってしまう。そして、将来大切な人を助けられないかもしれない。そう思うと夏の暑さの中でも背筋がゾクリとした。

もうそろそろ花火が終わってしまう。そう感じるのは一度勢いが収束した花火が、再び勢いを増すように上がっているからだ。最後に大きな花を咲かせようと助走をつけているみたいだ。もうそろそろ最後の四尺玉が上がる時間だろう。

その時に気が付いた。もし彼に告白されなければ、私は予知能力を失うだけじゃなく、彼と付き合うこともないのだと。そんなのは嫌だ。私は彼のことが大好きなんだ。だから願った。流れ星に願うように花火に願った。夢の時のように好きだと言って。傲慢《ごうまん》なお願いなのは分かってる。いつも冷たくしてしまっていたから私のことなんて、夢のようには好きにならなかったのかな。焦りとともに色んな考えが募っていく。

その時、一際大きなひゅーという花火が打ち上げられた音が聞こえた。これがきっと最後の花火の音だ。彼はまだ空を見上げている。心から願う。お願いこっちを向いて。

2

十六歳の夏。七月二十七日。音見川の花火大会。町を見下ろす風撫で丘。一発の大きな花火が光のカーテンのように目の前いっぱいに広がっている。隣には君がいる。君の声が聞こえた。

「好き」

俺は君に告白される。それを知った瞬間だった。

この予知をしたのは俺が六歳の時だった。夏の暑い日で日差しも強かったが、そんなことはお構いなしに近所の友達数人と水鉄砲で水を掛け合っていた。

その時、突然意識が途切れた瞬間があった。その瞬間に告白される場面を見たのだ。一瞬のことだったから、誰も俺に意識がないなんて気付いていなかったと思う。

突然頭の中に浮かんだイメージのことを父に話すとそれが予知だということを教えてくれた。それから一宮家の男子は予知能力を持って生まれてくるのだということも聞かされた。一宮家は神主の家系でそれがこの能力に関係しているようだが、父も詳しくは知らないらしい。ただ俺は六歳の頃に十年後である十六歳の予知をした。これほど先の未来を予知するのは珍しいらしい。昔は千年も先の予知をした人もいると祖父に聞かされたことがあった。だから珍しいと言ってもここ三代くらいのことだろう。

それから注意されたことが一つ。能力を失ってしまうから、予知を変えようとしては、ダメだよ。そう父に言われた。

予知で告白された相手の声には聞き覚えがあった。声というのは十年経ってもそれほど変わらないようだ。それは男子とは違って声変わりがないからだろうか。

相手は双見楓。同い年で同じ小学校に通っている。家も近くて、一緒の登校班なので集団登校の時に毎日顔は合わせていた。でも違うクラスなので話したことはあまりなかった。


うちの小学校は二年ごとにクラス替えがあり、小学三年生になった時、初めて彼女と同じクラスになった。それも隣の席だった。

クラス替えの後の自己紹介。自分の番を終えた俺は、友達になれそうなやつはいるかとわくわくしながら、新しく同じクラスになった生徒の自己紹介を聞いていた。そして一、二年生の時も一緒のクラスだった生徒の自己紹介は何を言うんだろうと面白がっていた。

双見楓の自己紹介を聞く時だけはそのどちらとも違った。

俺は将来告白される相手のことをあまり知らなかった。自己紹介は彼女のことを知るまたとない機会だ。一言一句聞き漏らさないように集中する。

知っているのは彼女は華奢《きゃしゃ》で今は俺よりも背が少し高いこと。細く長い髪が綺麗なこと。時々その長い髪の一部を細い三つ編みにしていることくらいだ。

「双見楓です。よろしくお願いします」

聞き漏らすまいとしていた俺の気持ちとは裏腹に楓はそう言っただけで席に着いてしまった。かなり緊張していたようだった。席に着くと深く息を吐いて、胸を撫で下ろしている。

結局、楓のことはあまり分からなかった。でも彼女が人前で緊張するタイプだということは分かった。それだけで良しとしよう。楓のことはこれから知っていけばいい。だって俺たちは隣の席同士なのだから。

まずは第一歩。

「よろしくね」自己紹介を終えて席に座った彼女に顔を近づけるようにして、小さな声で話しかけた。

「よろしく」自己紹介のイメージとは違って彼女は明るい笑顔をこちらに向け

てくれた。大勢の前では緊張するけれど、人見知りというわけではないらしい。彼女とは隣の席だったこともあり、すぐに仲良くなって、一か月も経った頃には楓のことがだいぶ分かるようになっていた。

楓はピアノを習っていて、音楽の授業が好きらしい。運動は人並み。テストでは全科目だいたい百点をとっていて頭は良い。本も好きで休み時間はよく女友達と図書室にいるようだった。

授業中には教科書を貸し合ったり、ちょっかいを出し合ったりした。学校に行くのがこれまでにないくらい楽しくて、一学期の終わりには夏休みに入るのが嫌だと思うくらいだった。

夏休みに入るとラジオ体操の時に顔を合わせるくらいで、話をする機会は少なくなった。

小学三年生の夏休み最終日。リビングでランドセルに明日の持ち物を詰めている時だった。

予知を見た。

雨の日。学校からの帰り道。楓が川に落ちそうになっている。俺は楓に向かって手を伸ばした。そこで場面が切り替わったように意識が戻った。

リビングのテレビでは台風二十一号が日本列島に接近していると放送されていた。あの川の水位からすると予知で見たのはきっと台風の日だろう。

夏休みが明けて登校初日。台風が近づいているにもかかわらず、休校の連絡はなく始業式や授業はあるようだった。母親によると暴風警報が出ないと休みにはならないらしい。

「気を付けて行くんだぞ」

「はーい」

父親に見送られて玄関の扉を開けると雨は降っているが今はそれほど強くはなく、軒先まで地面が濡れているようなことはなかった。傘を差して、外へと出ていく。風もそれほど強くはない。俺は集団登校のための集合場所へと向かった。

歩いて一分ほどで集合場所に着くと楓がいた。まだ他には誰も来ていない。楓はこちらには気付いていないみたいだ。傘越しに空を見上げている横顔が見える。

また夏休み前のように楓とたくさん話ができると思うと、胸が高鳴った。けれど楓の側まで来た時、昨日の予知が頭をよぎった。楓の服装は、肩にフリルの付いたピンクのTシャツに下はデニムのショートパンツ。それは予知で見た服と同じだった。やっぱり今日がその日だ。絶対に楓を助けようと決意を改めてから、何食わぬ顔で楓に声を掛けた。

「おはよう」

「あ、おはよう。誰も来ないから本当に学校あるのか不安になってた」楓はこちらを向くと微笑んだ。

「あるみたいだよ。休みでもいいと思うんだけどなぁ」そう言ってさっきの楓のように空を見上げた。空一面を灰色の雲が覆い、その流れは速い。上空の風は強いみたいだ。

楓としばらく話していると他の生徒も続々と集まってきた。全員が揃うと久しぶりに楓と並んで登校した。


教室の窓際一番後ろの席から、外を眺める。雨足は強くなっていた。雨が窓に当たって中庭の風景を滲《にじ》ませている。風も朝よりは強いようだ。

三時間目の授業が始まるチャイムが鳴った。いつもならチャイムが鳴る前に担任の先生は教室にいるのだが、まだ来ていない。皆がざわつき始めた。俺も隣の席の楓と先生はどうしたんだろうと話をし始めた時、教室のドアが開いて担任の先生が少し急いだ様子で入ってきた。先生は何も言わずに教壇に立つと黒板に何かを書き始めた。雨音の中、黒板に当たるチョークの音が教室に響いた。

「皆さんも知っていると思いますが台風が接近しています。今日の授業はお休みになったので、これから集団下校をします」先生が早口で言った。

教室がまたざわつく。すると先生が声を大きくして言った。

「すぐに帰る準備をして黒板に書かれた場所に集合してください」

黒板には班と教室がそれぞれ書かれていた。楓とは家が近くで同じ班なので途中までは一緒に帰れそうだ。

一階の八つの教室にそれぞれ同じ地区に住んでいる生徒たちが集まって、全員が揃った班から下校し始める。一つの班につき一人の先生が引率するようだ。

俺たちの班は他の班より少し遅れて全員が揃うと下校し始めた。風はこの時もまだ暴風と言えるほど強くはなかったが、傘を差しても膝から下が雨でびしょびしょに濡れるくらいには強くなっていた。時々吹く強い風が傘に当たる雨音を強くする。

「気を付けて歩くんだぞ」

一番後ろを歩く引率の体育教師の声は雨音の中でもよく聞こえた。

俺は楓の隣にいようとしたのだが、そこには女友達がいて、仕方なく楓の後ろに陣取って歩いていた。二十人近くの生徒が二列に並んで歩いていく。

十六歳になった頃は俺の方が背が高いことを知っているが、今はまだ楓の方が高かった。楓の赤い傘に見え隠れするピンクのランドセルをぼーっと眺めながら歩いた。頭の中はこの子を守らないといけないという正義感で溢れていた。

予知で見たのは、楓の家の近くにある川だった。学校からは俺の家の方が近いので、俺の方が先に自宅に着いてしまう。自宅を通り過ぎて楓に付いて行くのは、不審に思われるし、先生には止められるだろう。

「また後で」

自分の家近くまで来ると、俺は心の中でそう言って、仕方なく集団と別れた。

「気を付けて帰れよ」体育教師のやたらと大きな声が後ろで聞こえた。

俺は帰ったふりをして、道を引き返し、こっそりと集団に付いて行った。見つからないように離れすぎないように。五つの小さな傘と一つの大きな傘を差した集団が十メートルほど前を歩いている。先生はおそらく、一番家が遠い生徒に付いて行くはず。だから予知で見た時、楓は一人だったのだろう。

集団に付いて行ってから三分ほど歩いた分かれ道。ここで楓ともう一人の生徒が集団と別れた。予想通り先生は残りの三人の方に付いて行った。集団と別れてすぐに楓はもう一人の生徒とも別れて一人になった。

その後もこっそりと付いて行く。

楓の家まであと少しというところ、小さな石橋に差し掛かった。すると楓が、石橋の隅にしゃがみ込んでしまった。何かあったのだろうか。楓は一度立ち上がると石橋を戻ってきた。こっちに気付くかと思い、体を強張らせたが、楓はそのまま川の脇に移動すると再びしゃがみ込んでしまった。

俺の目には川の脇にしゃがみ込んだ楓が映っている。予知で見たのはこの場面だ。俺は急いで駆け寄っていった。

その時、楓は川に手を伸ばしていた。体はふらふらとしていてすでに川に落ちそうになっている。俺が楓のもとに着く寸前、楓が足を滑らせて川に飲み込まれそうになった。川を流れる濁流の音が一瞬だけ遠ざかって、楓の動きがスローモーションに見えた。楓に手を伸ばす。

届いた。俺が楓の手を取った瞬間に時間が通常のスピードで流れ出した。

「うわ」と楓が声を上げて、二人で土手にしりもちをついた。手に持った俺の青い傘は地面に落ち、楓の赤い傘は川に流されてしまった。しりもちをついたせいでお尻は濡れて、手には濡れた草と土の感触があった。予知ではもう少しかっこよく助けたつもりでいたが、そうじゃなかったらしい。でもとにかく間に合って良かった。

「亮君？」なんでここにいるのといった表情だ。

「大丈夫？」

「うん。ありがとう」

「傘流されちゃったね」

「あ……どうしよう！」

楓は膝をついてまた川を覗き込んだ。でももうそこに傘はなかった。勢いよく流されて橋の下に飲み込まれたのだろう。橋付近の濁った水は飛沫《しぶき》を立てている。橋の下に入れなかった濁流が溢れているのだろう。水位は橋の上に迫っていた。

「傘は諦めるしかないみたいだね」

こちらに向き直った楓は泣きそうな顔をしていた。

「ところでここで何してたの？」

「あれ」

楓が指さした場所にあったのは、瓶だった。木の枝にひっかかってクルクルと回転している。中にはピンクの花が入っているようだった。濁った川の中でもそれはとても綺麗に見えて、確かに目を引いた。

「あれを取ろうとしてたの？」

「うん」

楓はまだ諦めていないみたいだ。そこまでして取りたい何か大切なものなのだろうか。

手を伸ばせば届きそうな距離だった。川縁ギリギリにしゃがんで、右手を伸ばす。届きそうで届かない。あと少しで届きそうなのに。右肩をさらに前に出すようにして伸ばすと瓶に中指の腹が触れた。そして、中指で引き寄せるようにして瓶を拾い上げた。

「取れた！」

そう言って瓶を楓に見せようとした瞬間に左足が濡れた土を抉《えぐ》るようにして滑った。バランスを崩して、体が川の方に傾く。瓶は離さなかった。

――瓶を持った方の腕を誰かに掴まれた感覚があった。楓の手ではない。もっと大きな手だった。

「よっと」という父の声がした。俺は父親に土手へと引き戻された。

「お父さん！」

「大丈夫か？」

「うん。なんでいるの？」

「分かるだろう？」父はこっそりとそれだけ言った。きっと予知したのだろう。

「二人ともここは危ないからこっちに来なさい」

父に連れられて、石橋の前に戻る。怒られるかと思ったが、そうではなかった。

「楓ちゃん怪我はない？」

「はい」

「亮は？」

「大丈夫」

「そうか良かった」

「はいこれ」俺は川から拾い上げた瓶を彼女に渡した。

「ありがとう」

瓶の所々に土が付いているものの中に入っていた薄いピンクの花は萎《しお》れることなく五枚の花びらをいっぱいに広げていた。

「それじゃおじさんと亮で送って行くよ」

三人で楓の家に向かった。俺の傘を父が使い、父の大きな傘を楓と二人で使った。

父が事情を簡単に説明すると、楓の母親からは大げさなくらいお礼を言われた。

楓を送り届けてから、父と帰る。

「女の子を助けるなんて偉いじゃないか」

「結局お父さんに助けられたけどね」

「親が子どもを助けるのは当たり前のことだ」

「っていうか予知してたなら傘をもう一本持ってきてよ」

「亮もな？　予知で見たんだろう？」

「そこまでは見えなかったよ。お父さんが来るのも知らなかったし……」

「そうか。お父さんの予知でも自分の分の傘しか持ってなかったんだ。それに亮も楓ちゃんと相合い傘ができて良かったじゃないか」そう父にからかわれたのだった。

3

「いってらっしゃい。また後で」父と母に見送られて家を出た。

神社に植えられた桜が満開になっている。境内に敷かれた砂利の所々に桜の花びらが交じっている。今日から高校生だ。

舞花高校。楓とは同じ高校に入ることができた。クラスは一年五組。クラスメイトの名前が書かれた紙には楓の名前もあった。

自分の教室に行くともう楓は窓際の一番後ろの席に座っていた。

楓は小学生の頃と同じく長い髪の一部を細い三つ編みにしていた。開いた窓から吹く風にその綺麗な髪がなびいている。絵になる情景だった。

ずっと見ていたいと思ったけれどそうもいかない。教室の後ろのドアから入って、まっすぐ楓の席へ行って声を掛けた。

「よ。またよろしくな」

「うん……よろしく」

やっぱりどこかそっけない。気が付くとこんな感じになっていた。小学生の頃はもっと仲が良かったのに。どこで嫌われたのだろうか。予知が本当になるのか不安になってきていた。

取り付く島もなさそうなので、すぐに自分の席へと向かった。自分の席は窓際の一番前だった。鞄を机に置いて、席に座る。窓から心地よい風が入ってくる窓際の席は好きだった。


一年五組の担任は三十代の比較的若い女性の教師だった。おっとりとした声をしていて、話すのもゆっくりだ。入学式後のホームルーム中。担任が教壇に立って学校生活での注意事項を話している。

「アルバイトはしてもいいですけど、申請が必要になります。申請書は生徒指導室にありますので、自分で取りに行って提出してくださ……」

その声が一瞬歪《ゆが》んで視界が切り替わった。予知だとすぐに分かった。

だがおかしい。それは六歳の頃に見た予知と同じ場面だった。

七月二十七日、音見川の花火大会。町を見下ろす風撫で丘。楓と一緒に空を見上げる俺がいる。でも四尺玉が上がった時、告白したのは俺だった。

場面が切り替わる。知らない部屋で楓が眠っている。楓はベッドの上で目を覚ますと部屋の入り口近くの壁に掛けられているカレンダーに目を向けた。そして、仰向きに戻ると「二週間後」と言った。

次の瞬間にはまた場面が切り替わって元の教室に戻っていた。

頭の中は混乱していた。担任は教壇に立って話を続けているが内容はまったく頭に入ってこない。俺は考えを整理するために目を閉じた。

六歳の時にした予知とは違い俺が楓に告白していたこと。これはおかしい。同じ四尺玉が上がる場面で、楓が告白する予知と俺が告白する予知。これら二つの予知が存在するなんておかしい。

それからおかしいことがもう一つ。どうして楓が目を覚ます場面を予知したのか。告白の場面と楓が目を覚ます場面に関連があるとしたら、今見たのは楓が俺に告白される夢を見るという予知だったのではないだろうか。

自分が予知をできるから考えてしまうのだろうか。もしかして楓も予知ができるのではないだろうかと。


その日は入学式とホームルームだけで授業はなく、早く学校が終わった。高校へは徒歩通学で、その日は中学の時からの男友達と一緒に帰った。下校中も頭の中は予知のことでいっぱいだった。早く父に相談したい。

楓に予知ができるなんてあり得るのだろうか。楓に予知ができるとしたら、どこかで俺は予知を変えてしまったのだろうか。だとしたら、俺は予知能力を失ってしまうのだろうか。頭の中で考えがぐるぐると巡る。

友達と別れてからは走って家へ帰った。両親も入学式に出席するため学校に来ていたのだが、家に着くと両親ももう帰宅していた。

「おお、おかえり。早いな」

「父さん、ちょっと話をしたい」

「お、なんだ？　予知のことか？」

「そうだけど、予知してたの？」

「いや、お前がそういう顔で話してくる時はいつも予知のことだからな」

「そんな顔ってどんなだよ」

「そんな顔だよ」

誰もいない和室に移動すると四角い座卓を隔てて座った。

どう話そうかと一瞬悩んだけれど、父には楓に告白される予知のことを六歳の時に話している。そこで、今日学校で見た予知のことを父に事細かく説明した。

そして、楓が予知能力者だということはあり得るのか聞いた。

「双見家はもともと巫女《みこ》の家系なんだよ。うちと違ってもう神社はなくなってしまっているんだけど、そういう家系だからあり得る話だな。前にも話したが、父さんたちの予知能力はこの神社の神主の家系であることが関係しているらしいんだ。お祖父《じい》ちゃんに聞けばもっと色々分かるんだろうが、この町の巫女の家系である楓ちゃんが予知をできたって驚きはしないよ」

俺にとっては驚きだった。これまで自分の家族以外に予知ができるなんて話は、オカルト的なものしか聞いたことがなかった。それも将来付き合うかもしれない女の子が予知能力者で、そして、同じような場面を予知することになるなんて、思ってもみないことだった。

もう一つの質問。楓が予知能力者だとして、二つの矛盾する予知なんてあり得るのか。俺が見たのは彼女が俺に告白をする場面。楓が見ることになるのは、同じ日、同じ場所で俺が彼女に告白する場面だ。

「それは父さんにも分からないな。予知は変えることができる。だから亮の予知がこの十年の間に変わってしまった可能性はある。ただ予知を変えるというのは意志をもってすることだ。予知を変えようとしたなら別の話だが、そうじゃないならそんな簡単に変わるものでもないだろう。本当にその二つの予知に矛盾があったのか？　よく思い出してみるんだ」

二つの予知に矛盾がない？　でもあれは同じ場面だった。音見川の花火大会。四尺玉が上がった時にどちらの予知でも好きだとそれぞれが言っていた。矛盾がないとしたらどういうことだろう。

「ありがとう。考えてみるよ」

俺は矛盾を解明できないかと頭を捻ったまま和室を出た。

「また聞きたいことがあったらいつでも聞けよ」後ろで父の声が小さく聞こえた。

俺は小学生の頃からずっと楓のことが好きだ。だから楓が見ることになる予知の通りに俺が楓に告白するのは問題ない。でもそれだけでは自分の予知を変えることになり、俺は予知能力を失ってしまう。子どもの頃、川に落ちそうになった楓を助けることができたのは、予知のおかげだ。予知能力を失ってしまえば、もう大切な人を助けることができないかもしれない。だから二人の予知を矛盾させるわけにはいかない。

その後も自室のベッドに寝転がって考えてみたが、答えは見つからなかった。

それから一週間、毎日二つの予知について考えていたが、やはり矛盾しているとしか思えなかった。

高校生活にも慣れ始めて、新しい友達もできた。部活はまだ見学も始まっていないが、中学生の頃と同じサッカー部に入る予定だ。部活がないと家に帰るのも早い。

家に着いて玄関の扉を開けると母が目の前にいた。

「お、びっくりした。ただいま」

「おかえり。ちょうど良いところに帰ってきたわね。これ母屋に運んでくれない？」

玄関にはサイダーの箱が置かれていた。別の町に住んでいる母方の祖父からよく貰うもので今回も送られてきたのだろう。

「分かった」そう答えて鞄を玄関に置くと缶のサイダーが詰まった段ボール箱を持ち上げた。段ボールには「250ml×30本」と書かれていた。だいたい七・五キロか、と頭の中で計算する。


母屋は家のすぐ隣にある。母屋まで続く飛び石を足元に気を付けて渡り、段ボールを片膝に載せるようにして持ったまま母屋の扉を開けた。誰もいない。段ボールを和室の床の間の前に置いてから、リビングに行くと祖父がいた。いつもつけているラジオを消して、何かしているみたいだ。

「おお、亮か。これ食べるか？」祖父はこちらに気付くとそう言って机に置いてあったよく分からない和菓子を差し出してくる。

「いや、甘いの苦手なんだ。またサイダー貰ったみたいだから、床の間の前に置いといたよ」

「おお、そうかそうか」サイダーを特別好きなわけではないだろうがそう言って祖父は笑うのだった。

「それ何？」祖父の目の前の机に置かれている花火の写真がちらっと見えた。

「おおこれか？　これはな、去年の花火大会の写真じゃよ」

「へー誰が撮ったの？」

「誰ってそりゃ写真屋さんじゃ。わしが撮ったら、花火が二つになるからの」

「ブレて？」俺は笑って言う。

「そうじゃの」祖父も笑う。

「さすがプロ。綺麗に撮れてるね」

祖父は満足げに頷《うなず》いた。

「ここから今年の花火大会のチラシに載せる写真を選ぶんじゃよ」

「これ、去年の花火大会のチラシ？」

チラシには花火大会の目玉である四尺玉の上がっている写真が全面にプリントされていた。一昨年の四尺玉はオレンジ色で一部が赤色の花火だったようだ。

「そうじゃ。やはり目玉の四尺玉が良いかのう？」

この前の予知で見た四尺玉を思い出す。オレンジ色の筋が大きく広がり、最後にいくつものピンク色の小さな光がキラキラと輝いて消えていく花火だった。

俺が六歳の頃に見た予知を思い出してみる。同じ四尺玉。オレンジ色の筋は同じ。でも最後にキラキラと光っていたのは確か緑色だったと思う。

二つの予知で見た花火は別のもの？　つまり別の花火大会だった？　いや、この付近で花火大会は他にない。あの風撫で丘から四尺玉が見られるのはこの花火大会だけだ。

同じ音見川の花火大会でも別の年だったとか？　いや、楓の部屋にあったカレンダーは今年のものだったし、楓は二週間後と言った。少なくとも楓はあの予知を今年の花火大会だと思っているはずだ。予知能力者が年を間違えるとは思えない。

だとすると……。

「お祖父ちゃん、音見川の花火大会って、四尺玉が最後に一発上がるんだよね？」

「そうじゃよ」

「必ず毎年一発だけ上げるんだよね？」

「そうじゃよ」

「二発上げることってできるのかな？　お祖父ちゃんが撮ったらブレちゃう写真みたいに。まぁ同時にじゃないんだけど」

「へ？」祖父はかけたメガネがずれて、少し間抜けな顔でこちらを見ていた。

音見川の花火大会は何十年も前から毎年開催されている伝統ある花火大会で、うちの先祖の神主がこの町の発展と霊を鎮めるために始めたのがきっかけだったらしい。それで規模が大きくなった今でも、この花火大会には、祖父が実行委員として携わっている。だから祖父がチラシの写真を選んでいたのだ。チラシはまだ作られていないが、花火のプログラムは毎年のことなのである程度もう決まっているらしい。

四尺玉を二発打ち上げてほしいのは、六歳の時の予知に関係しているのだと祖父に話すと実行委員会を招集してくれることになった。

祖父は当日意気込んで、実行委員会の集まりに出掛けて行った。今自分にできることはない。帰って来るだろう時間を見計らって母屋に行き、縁側に座って祖父の帰りを待っていた。庭には祖父がよく手入れをしている松や手水鉢《ちょうずばち》があり、趣のある風景でここにいると落ち着く。

しばらく待っていると、後ろで気配がした。リビングに行くと祖父が帰ってきていた。その表情は芳《かんば》しくない。話し合いはうまくいかなかったようだ。

まだ正式にプログラムは決まってはいないが、四尺玉を二発打ち上げるという急なプログラムの変更はなかなか難しいようだった。祖父の提案を無下にはできないが、規格外の大きさの四尺玉というのは一発上げるだけでも大変らしい。

四尺玉というのは一時は世界最大だった花火で、打ち上げるには予算、安全面と様々な障害がある。花火師に一応、問い合わせてはくれるようだが、難しいだろうとのことだった。四尺玉は一年近く前に発注しておくんだとたしなめられたらしい。

「亮、すまんのう」

「そっか。お祖父ちゃん、無理言ってごめんな」

祖父は孫である俺の期待に応えられなかったのがよっぽど辛いらしく、自室に戻っていく背の高い祖父の後ろ姿は、しぼんだように小さく見えた。

「どうするかなぁ……」

安全面は元々一発は打ち上げる予定だったのだから、クリアできているはずだ。

予算の面は自分一人ではどうしようもない。四尺玉は一発二五〇万円以上するらしい。うちの学校ではアルバイトは申請さえすれば、許されていると担任は言っていたが、花火大会まで三か月ほどしかない。二五〇万円という大金を用意することは到底できない。

そして、そもそも四尺玉を用意できないならば、お金をいくら積んでも四尺玉を二発打ち上げるということは実現できない。

夕食後、リビングのソファでぼーっとテレビを眺めていた。

「はぁ……」大きなため息が漏れた。

「聞いたぞ、花火のこと」父がソファの後ろから声を掛けてきた。

「うん、ダメっぽい」俺は振り返って答えた。

「でも矛盾の方は解明できたんだろう？」

「解明っていうか、これなら矛盾は生まれないかなって思っただけで、実際にそうなのかは分からない」

「亮が言うならその通りなんだろう。亮が予知したことだ。正解を見つけるというより、答えを出すんだよ、亮が。それが正解だよきっと」

「そういうもの？」

「そういうものだ。それで四尺玉を二発上げたいんだって？」

「そうなんだけど、難しいみたいで」

「後悔しないようにしなさい」父に背中を押されたような気がした。

こうするべきだと思っていたことがある。

「花火師に会いに行こうと思う」

父は満足げに頷いた。それでこそ俺の息子だとでも言いたげに見えた。

父によると、音見川の花火大会のすべての花火を作っているのは宮守煙火《みやもりえんか》という会社でこの町の山間にあるらしい。事前に電話をかけてアポイントを取っておいた。一宮という名前を出すとすんなり会ってくれることになった。

4

桜は散り、町の風景に緑が増えた頃、俺は自転車を漕いで宮守煙火に向かった。気温は暑くもなく寒くもなくちょうど良い。風を切って走るのは気持ちが良かった。

宮守煙火は自転車で行くと五十分はかかる。スピードを落とさず軽快に漕いでいく。住宅街を出ると景色からだんだんと建物が減っていき、畑や田んぼが増えていった。道路脇には畑が続き、イチゴが実をつけている。

さらに進むと木々が増えていき、ついには山道に入った。山道に入っても道路は整備されていて、日差しもよく射し込むくらい視界は開けていた。ただし、傾斜はだんだんときつくなっていき、自転車を漕ぐスピードは落ちていく。気持ちが良いのは最初だけだった。汗だくになって、最後には自転車を押してやっと宮守煙火にたどり着いた。


第一印象はキャンプ場のような山の中にある開けた場所。会社の門には、宮守煙火と表札が掛けられている。門は開いていて、人の気配はなかった。今日は休みだろうかと思いつつ、門を通り、中に入る。

敷地内には点々といくつもの小屋が建てられていて、その中に他よりは大きな建物があった。その建物には木でできた看板が取り付けられていて、事務所と書かれていた。下の方にはお客様はこちらへどうぞと小さく書かれている。

看板に従って、その建物に入った。強い日差しの中から建物に入ったためだろうか、建物の中は暗く感じられた。

「すみません」人の気配がないので、大きめの声で呼びかけてみる。

すると受付の奥、デスクがいくつか並んだ部屋のさらに奥から、三十代後半くらいの男性が現れた。細身で背筋を伸ばしてすらりと立つ姿が印象的だった。神主の着る装束を着たら、絵になるだろうなと思った。

「こんにちは」

「こんにちは、一宮さんですか？」事前に電話を入れていたので待ってくれていたのだろうか。

「はい。そうです」俺は答えた。

彼は鈴木勝馬《すずきかつま》という名前で宮守煙火の社長をしている人だった。

鈴木さんは社長室に案内してくれた。その部屋には様々な大きさの打ち上げ花火の玉がショーケースに展示されていた。ショーケースの一番下の段には三尺玉が置かれていて、一緒に置かれた札には外径九十センチと書かれている。三尺玉はかなり大きく、どっしりと台座に置かれている。だが四尺玉はこれよりも大きいのだ。

「それで、四尺玉を二発上げたいとか」

社長室のソファに机を隔てて座ると鈴木さんが口を開いた。

「はい。無理を言っていることは承知なのですが……」俺が答えた。

「何か理由があるようですが、お話しいただけますか？」

予知のことを話しても、信じてもらえないだろう。どうしようかと思い、黙り込んでしまう。

「予知をしたとか？」鈴木さんが先に口を開いた。その言葉に俺は固まってしまい、額に汗が滲むのが分かった。

「どうしてそれを知っているのですか？」間が空いた後、そう言葉を絞り出した。

「いや一宮家の方だったので」そう言って彼は苦笑いした。

「それは……どういうことですか？」

「鈴木家は昔、双見家の巫女に仕えていた一族なんですよ。だから一宮家の方の予知のことも伝え聞いています」

「それは……初耳です」

予知のことは話しても信じてもらえないし、無用なトラブルに巻き込まれる可能性もあるため、口外しないように父から言われていた。それを知られているとなると、多少恐怖を抱いてしまう。

「ご心配なさらずに。誰にも話したりしていませんよ。そもそも話しても信じてもらえないでしょう。それでどんな予知だったのですか？」

告白する、されるの話をするのはかなり恥ずかしいが、矛盾を解決するためには四尺玉がもう一発どうしても必要だ。それに嘘をついて四尺玉を打ち上げてもらうなんてことよりはずっとマシだと思う。

意を決して、俺は予知で見たことを鈴木さんに話した。楓が予知をするということも。二人の予知が矛盾していて、その矛盾を解消するためには二つの四尺玉が必要だということも含めてすべて話した。

彼は顎《あご》に手を当てて数秒考えた後「なるほど」と一言呟いて、窓の方へ歩いて行き、外を眺めてまた何か考えているようだった。

しばらく待っていると鈴木さんはこちらを振り返ってこう言った。

「分かりました。何とかしましょう」

鈴木さんはソファに座り直すと昔話を一つ聞かせてくれた。

「今から約千年前のことです。この地域には二つの神社がありました。一つは一宮家の一宮神社。そして、もう一つが双見家が巫女を務めていた双見神社です。その当時から二つの神社の神主と巫女には予知の能力がありました。昔の方がその能力は強く代を重ねるにつれ、しだいに弱くなっていったようです。

その双見神社の巫女に仕えていたのが、私の先祖でした。これはその先祖の時代から鈴木家に伝わる話です。一宮家の神主と双見家の巫女は恋をしていました。それは禁断の恋でした。なぜなら双見家は代々婿《むこ》養子を取ることで双見家の女性に宿る予知能力を継承していたからです。一宮家の男を婿養子に取ることは一宮家にとっては予知能力者を失うということ。双見家の女性が一宮家に嫁に行くということは双見家にとっては予知能力者を失うということ。お互いの家にとって、二人の結婚は避けねばならないものでした。その当時の双見家の巫女は特に予知能力が強く、人の過去や遠い未来を見通し、さらには時代を超えて影響を与えられるほどの能力がありました。その予知能力のことを本人は『夢の雫《しずく》』と呼んでいたそうです。なんでも、眠ると夢の中で色んな場面が映った雫が雨のように天からたくさん降ってきて、見上げた目に雫が落ちると、その雫に映っていた世界が見えるからだとか。彼女は千年後の未来には星のように光る花が空いっぱいに咲いていると言ったそうです。鈴木家が代々花火師をしているのは、彼女の予知を守るためでもあります。もちろん彼女はもうこの世にはいませんが、その予知を守るのが、鈴木家の役目になったのです。結局、二人の恋は叶いませんでした。一宮家の神主の方が、双見家の巫女に別れを告げたからです。家を優先したようですね。悲しい話です」

話し終えると鈴木さんは湯呑みを啜《すす》って続けて言った。

「だから一宮家と双見家の二人の恋ならば結ばれてほしいという思いがあります。こちらに来てください」

鈴木さんは俺をある場所へ案内してくれた。建物の外へ出て、山の中へ入っていく。

山に入って三分ほど歩いたところに小屋くらいの大きさがある祠《ほこら》があった。その祠は最近建てられたかのように真新しい木が使われており、手入れが行き届いた印象だった。

「これは双見家の巫女を祭った祠なんですよ」

鈴木さんが鍵を開けて扉を開くと、先ほど社長室で見たような花火の玉が奥の方に鎮座しているのが見えた。違うのはその大きさだ。先ほど見た、どの花火の玉よりも大きかった。

「これが四尺玉ですよ。大きいでしょう？　外径は一二〇センチあります」

「すごいですね。でもどうしてここに？」

「なぜそうなったのか私にも分からないのですが、宮守煙火ができてから、毎年、その時代に作れる一番大きな花火の玉をここに奉納することになったようです。それから双見家の人間が必要になったらこれを使うようにと伝わっています。一宮さんの予知も双見家に関わることのようですから」

誰かの予知が関わっているとしか思えなかった。一宮家か双見家の人間の予知か、はたまた別の神社の誰かのものか。

「それじゃ、この四尺玉を打ち上げてもらえるんですか？」

鈴木さんは「ぜひ」と言った。

花火は手間暇をかけて作られる。四尺玉となればなおさらである。その花火をここに奉納するだけで打ち上げないのは、花火師としては思うところがあったのだろう。花火は打ち上げるために作られる。数か月かけて作ったものが一瞬のうちに消えてなくなる。だが、花開くその瞬間のために、愛情をもって作られるのだ。

そのあとはとんとん拍子に事が運んだ。プログラムの急な変更には祖父が尽力してくれた。鈴木さんが四尺玉を無料で提供してくれたこと、そして、ぜひ四尺玉を二発打ち上げることに挑戦したいということで、他の実行委員をうまく説得できたようだ。

七月に入ると俺は花火大会の準備を手伝うようになっていた。花火大会のチラシの写真を祖父に選ばせてもらい、出来上がったチラシを自転車で町中の掲示板に貼って回った。掲示板に貼る度に自転車のカゴから一枚一枚チラシが減っていくのが楽しかった。花火も作れない、お金も用意できない、会議にも参加できない自分でも役に立てている実感があった。

あとは、楓を花火に誘って、当日を迎えるだけ。

一つ問題があるとすれば楓と花火大会に行けるほど仲が良いとは言えないこと。花火大会までに楓と少しでも親しくなっていたかった。急に花火に誘って断られたら、予知は二つとも実現しない。それに単純に仲良くなりたいという思いもあった。

でも普段から楓とは挨拶くらいしか会話がない。楓は朝、学校に来るといつも俺の席近くの渡辺美沙というクラスメイトの席に来て、話をしている。その時に「おはよう」と挨拶をするだけだった。

七月十三日。楓が予知を見ただろう日。楓はまだ登校してこないかと教室の入り口が気になってしまう。

するとちょうど楓が教室に入って来るのが見えた。すぐに目を逸らして、友達との会話に戻る。

楓はいつもなら自分の席に鞄を置くと、すぐに渡辺のところまで来るのだが、今日はなかなか来ない。

気になって後ろを振り返ると楓は何をするわけでもなく、ただ自分の席に座っていた。

やはり楓は予知をしていて、それが影響しているのだろうか。探りを入れてみることにした。俺の席で一緒に話をしていた友達には悪いが、俺は自分の席を立って、楓の席へ歩いて行った。

「どうしたんだ？」ここで予知のことを話してくれるとは思わないが、一応聞いてみる。

「え？　どうしたって？」

「いや、お前いつも渡辺としゃべってるじゃん。喧嘩でもしたのか？」

渡辺の方を見るが、スマホに夢中になっているようだ。

「いや、そうじゃないけど」

「じゃあ熱でもあんのか？」

楓の顔が赤くなっているように見えた。予知のせいか、ただ単に体調が悪いのか、確かめるように俺は楓の額に手を当てようと近づけた。

――パチン。楓に手を振り払われてしまった。そして「大丈夫だから」と冷たく言われてしまった。

振り払われた手は痛くはなかった。楓の方が痛かったんじゃないかと心配になったくらいだ。失敗した。女の子に気軽に触れようとするなんて、小学生のふざけ合っていた頃とはもう違う。

「そっか」俺は自分の席に戻って友達に「悪い」と謝ってまた雑談を始めた。

結局その後、楓と話すことなく家に帰った。

5

「どうして亮は楓ちゃんを好きになったんだ？　予知で見たからか？」

手伝いで神社の本殿の掃除をしていると、父にそう聞かれた。

「何だよ急に」正直、好きな女の子の話を親にしたくない。ただ、予知で見たから好きになったというのは否定したかった。

「意識はしたけど、そうじゃないよ」

「じゃあどうしてだ？」

「いいだろ、別に」

父とは別の場所の掃除を始めようと、はたきで柱を掃除しながら移動しようとすると父が話し始めた。

「父さんはな。母さんの料理に惚《ほ》れてしまってな」

「いいよ。言わなくて。恥ずかしい」

父は話し足りないといった様子だったが、自分の好きな子の話以上に親の恋愛話を聞くのは照れくさかった。

楓を好きになったきっかけなんてなかった。川で楓を助けてから、いつの間にか楓に視線が向かっている自分に気が付いて、それで好きなんだと分かった。小学生の恋なんてそんなものだ。


明日から夏休みという登校最終日。

この前、手を振り払われてしまってから、楓と話すことはなかった。お互いに話しかけづらい雰囲気を感じていると思う。

だから未だに楓を花火に誘えないでいた。誘って断られたなら仕方がない。でも色んな人に協力してもらっている以上、結局誘えなかったなんていうのは許されない。

登校前の朝、玄関の上がり框《かまち》に座って靴を履いていると目の前のドアが歪んで、場面が切り替わるようにして新たな光景が目に映った。

今日七月十九日、朝八時十八分。通学路。俺は走っていた。目の前には楓の背中が見えている。視界の隅には軽トラックも映っている。道路に飛び出していく楓。俺は楓に向かって手を伸ばした。

そこで再び場面が切り替わると、元いた家の玄関に戻っていた。

スマホをポケットから取り出して、ロック画面を表示させる。八時十二分だった。今見た場所までなら走れば間に合う。楓が軽トラックに轢かれる場面は見ていない。しかし、何もしなければ轢かれてしまってもおかしくはない。

夏本番を迎えた七月半ば。汗がだらだらと体中から流れ出るのを感じながら走った。登校する他の生徒を追い抜いていく。

息が切れてきた時、目の前に楓の後ろ姿が見えた。後ろから分かるくらいに楓はふらふらと歩いている。いっそう走るスピードを上げる。楓の目の前にはもう道路があった。俺は後ろから楓の腕に手を伸ばして、引き寄せた。

「危ないだろ！　バカかお前！」思わず大きな声を出してしまった。怖がらせてしまっただろうか。でも言わずにはいられなかった。

目の前を軽トラックが通り過ぎて行った。こうやって楓を助けたのはこれで二回目だ。

「ごめん」楓は驚いた様子でこちらを見るとそう言って俯いた。

楓と一緒に学校へと向かう。学校までの道のり、俺は常に車道側を歩くことにした。また道路に飛び出されたら堪《たま》ったものじゃない。心配で仕方がなかった。

「ねぇ」半歩後ろを歩く楓が口を開いた。

「ん？」

「あの……ごめん」

「いいよ。さっきも謝っただろ？」

「うん。でも今日のことと、この前のことも」

「この前ってなんかあったか？」

「この前教室で一宮君の手を振り払ったでしょ」

「ああ、あれね。あれは俺が悪かったからな。気にするな」

「うん」

「そんなことより、気を付けて歩けよな。子どもの時から言ってるけど」

「分かってる」

「分かってなかっただろ？　あとごめんじゃなくて、ありがとうだろ？　こういう時は」

「うん……ごめん……じゃなくてありがと」

もう少しで学校に着いてしまう。生徒指導の先生が校門の前に立っているのも見える。こんなに早くからいるのは、遅刻する生徒に目を光らせているだけじゃなく、防犯対策も兼ねているためらしい。そんな先生には悪いが、楓と二人でいる時間を邪魔されているみたいだ。

誘うなら今しかない。助けたことを少しくらい利用したって罰《ばち》は当たらないだろう。

「それじゃお礼に今度、俺と一緒に花火を見に行ってくれないか？」

「え？」

「お礼だから、断んじゃねーぞ」

「分かった」楓は間を置いてそう言った。

少し強引だったかもしれないが仕方がない。内心ガッツポーズをして、校門を通り抜けた。


七月二十四日、花火大会三日前の夜。

待ち合わせ場所と時間を決めるため、楓に電話を掛けた。

「もしもし」

「はいっ……」五回目の呼び出し音が鳴った時、楓が電話に出た。

「あのさ、待ち合わせ場所と時間を決めようと思って」

「うん」

「風撫で丘の上で観《み》ようと思うんだけど、待ち合わせは風撫で丘の石段の前でいいかな？」

「うん、大丈夫」

「じゃ十八時半に風撫で丘の石段の前な」

「分かった……あのさ、服ってどうする？」

「服か……浴衣とかどう？」六歳の時の予知と最近見た楓の予知のどちらも、二人は浴衣を着ていた。

「うん、浴衣いいよね……そっちも着てきてよね、浴衣」楓の声が弾んだかと思うと、今度はややぶっきらぼうになる。

「分かった……じゃ十八時半に風撫で丘の石段の前な、浴衣で」

「うん……十八時半に風撫で丘の石段の前、浴衣で」電話越しでも楓が微笑むのが分かった。

七月二十七日、花火大会当日。

待ち合わせまでは時間があったが、すでに浴衣に着替えていた。選んだのは黒色の浴衣。団扇《うちわ》で顔を扇《あお》ぎながらリビングに行くと父と母がいた。

「あら、浴衣似合ってるじゃない。花火行くの？」母がリビングに入ってきた俺を見て言った。

「うん」

「誰と？」

「誰でもいいだろ」

「女の子？」

「いや」

「まぁまぁ」父が助け舟を出してくれた。

「遅くならないようにね」母もしつこくは聞かなかった。

冷えた麦茶を飲んでから、リビングを出て、自室に戻るために階段を上る。

その途中で、眩暈《めまい》がした。一瞬目の前が暗くなり、視界が切り替わった。


今日七月二十七日。午後六時三十五分。音見川の河川敷。花火の打ち上げ場所だ。花火師たちが立ち尽くしている。鈴木さんもいる。花火を打ち上げるための筒が、地面に転がっている。場違いの不良五人組が笑いながら去っていった。

次の瞬間に意識は自宅の階段に戻っていた。さっき飲んだ麦茶がすべて汗になって出てきたんじゃないかと思うくらい汗だくになっていた。

花火に関する三つ目の予知だ。花火すら上がらない。そして、自分はその場にはいなかった。花火大会が中止になるのを止める予知ならばよかった。だが見たのはそうじゃない。ただ花火大会が中止になるかもしれないという予知。四尺玉が上がる予知と花火大会が中止になる予知。どちらが現実になってもどちらかの予知を変えることになる。どちらを選んでも俺は予知能力を失ってしまう。

ただし、花火大会が中止になれば、楓も予知能力を失うことになる。

リビングに戻れば父がいる。母屋に行けば祖父がいるだろう。相談できる相手は近くにいる。こんな予知はあり得るのか、どうすればいいのかと相談できる。俺と楓の予知のように矛盾を解消することができるかもしれない。

俺は——玄関に向かった。下駄を履いて、家を飛び出す。

向かうのは母屋でもない。音見川の花火の打ち上げ場所だ。相談している時間はない。矛盾を解消なんて悠長なことは言っていられない。自転車に飛び乗って、足に精一杯の力を込める。さっき玄関の時計で見た時刻は午後五時五十五分。楓との待ち合わせは午後六時三十分。ここから打ち上げ場所までは自転車で二十分ほど。往復で四十分。待ち合わせ場所までは自宅から歩いて三分ほど。帰りに直接行けばもう少し早く行ける。それでも間に合わないかもしれない。とにかく全力で向かう。

この前、チラシを貼り付けた掲示板の横を通り過ぎていく。スピードを保ちながら考えるのはどの道を通れば最短でたどり着けるか。チラシを貼り回った時に通った細い道は近道だ。

その細い道を通り抜けると視界が広がった。空が遠くまで見える。音見川の河川敷はもう目と鼻の先だ。でもここから先へは進めない。車止めの柵と立ち入り禁止の看板が設置されている。立ち入り禁止区域だ。

花火大会では立ち入り禁止区域が必ず設定されるが、規格外の大きさである四尺玉を打ち上げる音見川の花火大会では通常の花火大会よりも立ち入り禁止区域が広く設けられている。

浴衣の袂《たもと》からスマホを取り出して、時間を確認する。午後六時十分。頑張った方だろう。

これまでの予知は自分の行動も予知として見ることができた。でも今回は違う。予知を変えるということは、自分で未来を選び取ることだ。予知通りに行動することはできない。目標も、それに向かってどう行動するのかも、自分で決めなくてはならない。スマホを自転車のカゴに入れて、打ち上げ場所にもっと近づける道を探すため引き返す。

自転車を一八〇度回転させて、もう一度乗ろうとした時、前からこちらに歩いてくる集団がいることに気が付いた。先頭の男以外は俺よりも年下に見える。不良五人組といったところだろう。予知で見たのはこいつらだと確信した。

俺は自転車に乗るのをやめて、自転車を押しながら声を掛けた。

「こっちは立ち入り禁止みたいだぞ」

「だから？」先頭を歩いていた体の大きな男がこちらに鋭い目を向けながら言った。

「ここまで来なくても分かるように教えてやっただけだけど？」俺も言い返す。

すると先頭を歩いていた男は、ゆっくりとこちらに向かってくるとわざと肩をぶつけるようにして、俺の横を通り過ぎた。他の男たちもぶつかりはしないが、先頭の男に続いて俺の横を通り過ぎていく。

俺は自転車から手を放して、振り返り、先頭の男の肩を摑んだ。自転車が倒れる音がした。ずっと聞こえていたセミの声が一瞬途切れた。そして、また鳴き始める。

「だからそっちは立ち入り禁止だ。なぁ立石《たていし》、三上《みかみ》？」

俺の横を通り過ぎていなかった男が俺の後ろに二人いる。中学の時のサッカー部の後輩だ。立石は背が俺よりも高く、体の線は細い。陽気な男で後輩の中でムードメーカー的な存在だった。三上は俺よりも背が低く、体は小さい。目立ちはしないが、周りとうまくやるタイプで誰とでも仲良くなってしまうやつだった。その分こういう不良とも繋《つな》がりができてしまったのだろうか。

二人ともよく知っているし、部活外で遊びに行くこともあったくらいだから、慕われていた方だと思う。二人が俺に喧嘩を売るところは、全く想像できない。

目の前の男が振り返って、訝《いぶか》しげな視線をこちらに向けてくる。

「悪いことは言わないからここはやめとけ」後ろの二人にも聞こえるように言った。

少し間が空いた後、後ろで三上の声が聞こえた。

「一宮さんがこう言ってるんでやめときましょ」俺の目の前の男に向けられた言葉のようだ。

その男が凄むと今度は立石が口を開いた。

「一宮さんとは喧嘩できないです。部活のOBなんですけど、お世話になったので」

男の顔は不満そうだが、五人のうち二人が俺の知り合いで、その二人にこんなことを言われれば、無視することはできないだろう。

「急に引き止めて悪いな」そう言って、俺は目の前の男の肩をポンポンと叩いた。顔を見て、手は出してこないだろうと分かった。

その男は舌打ちをした後「今回だけだぞ」という捨て台詞を残して、今度は俺の肩にぶつかることなく引き返していった。残りの二人もそいつに続く。そして、立石と三上は俺に頭を下げてから、三人に付いて行った。

これで花火は上がるのだろうか。俺がいなくなった後、あいつらがまた引き返してきて、ここを越えて行かないだろうか。考えるがその不安を解決する術《すべ》と時間はない。

　自転車が倒れた時に地面に放り出されていたスマホを拾って時間を確認すると午後六時十四分だった。ギリギリだな。スマホを浴衣の袂にしまうと、自転車を立て直して飛び乗った。来た道を引き返す。最初の曲がり角に差し掛かると右にはさっきの五人組が歩いているのが見えた。そのまま大人しく帰ってくれよと祈りつつ、左に曲がってスピードを上げる。息が切れる。家には帰らず、直接待ち合わせ場所へと向かう。そうしないと楓を待たせてしまうことになる。そうなれば予知に影響が出るかもしれない。

　待ち合わせ場所が見えてきた。まだ楓は来ていないようだ。間に合った。速度を落として、自転車を降りた。自転車は待ち合わせ場所から少し離れた木の陰に駐《と》めておいた。

待ち合わせ場所に戻り、乱れた浴衣を直しながら呼吸を整える。

少し落ち着いてきて、一度深い呼吸をした時、楓が小さな歩幅でトコトコとこちらに歩いてくるのが見えた。

目に入った瞬間に見惚れてしまった。

「待った？」そう口にした楓は藍色の地に朱色の金魚がいくつも描かれている浴衣を着ている。髪は結っていて、いつもよりも色っぽく、大人びて見えた。

「いや、今来たとこだよ。浴衣可愛いな」

「そっちもなかなかじゃない？」楓は顔を赤くしてそんなことを言う。

「じゃあ行こうか」手を楓の前に差し出した。楓は少し戸惑った様子で手を差し出してきたので、最後は俺がその手を取った。楓の手は思ったよりも小さかった。女の子の手という感じだ。

小学生になって初めて集団登校をした時、隣の女の子と手を繋いで歩き始めたら、上級生にからかわれたことがあった。手を繋ぐのはそれ以来。その時も手を繋いだ相手は楓だった。

百段はあるだろう石段を二人並んで上っていく。楓の足元を見ると俺と同じく下駄を履いていた。俺は歩みを少し遅らせた。二人の下駄の音が響いているのに加えて、俺には自分の心臓の鼓動が大きく聞こえていた。どうやら緊張しているらしい。

石段を下駄で上るのにも慣れ始めて、視線も足元からだんだん上げられるようになると石段の右脇にある外灯がほんのりと光っていることに気が付いた。石でできた外灯は頂上まで続いていて、とても幻想的だった。

「すごいなここ。夜はこんなふうになるんだ」

「うん」

ここは子どもの頃によく遊びに来ていた場所だ。昼間の風景を思い出してみるが、今いる場所とは似ても似つかないように思えた。

数分歩くと頂上に着いた。頂上は開けた場所になっていて、芝生が敷かれているようだ。下駄で踏み締める地面からは柔らかな感触が伝わってくる。前方に柵を見つけた。予知でいた場所はあそこだ。

二人の足は自然と柵の前へと向かった。柵に近づくにつれて目の前に町の夜景が広がっていく。普段ならもっと暗いのだろうが花火大会の日は屋台と提灯の明かりに町が照らされる。この日だけの特別な風景だ。

「綺麗」楓が息を漏らしたような声で言った。

「屋台の方も行きたかった？」

「ううん。花火で十分だよ」それでも楓の横顔は子どもが好奇心に目を輝かせているようにも見えた。

スマホで時間を確認する。午後六時五十八分だった。あと二分で始まる。

「そろそろ始まるよ」

そう言ってから急に不安になってきた。まず花火大会は始まるのだろうか。そして、ちゃんと四尺玉は上がるだろうか。楓は俺のことが本当に好きなのだろうか。楓は俺に告白してくれるのだろうか。矛盾は解消できるのだろうか。俺は予知能力を本当に失ってしまうのだろうか。不安はたくさんあった。

そんな不安も大きなドンという音と光にかき消された。空には一発の尺玉が上がっていた。花火大会が始まる合図だ。ちゃんと花火大会は始まった。安心感と予知能力を失った現実味のない感覚が入り混じっていた。それでもドンドンと音を立てながら打ち上がる花火は素晴らしく、今だけは予知能力を失ったことは気にならなかった。

「すごいな」思わず声が漏れた。花火はこんなに綺麗だったのか。これまでも花火を見たことはあるはずなのに、そのどれよりも綺麗に思えた。もしかしたら、毎回そう思っているのかもしれない。

楓の方に目を向ける。彼女はどんな顔で花火を見ているのだろうか。そう思ったが彼女はこちらを見ていた。目が合った。花火に照らされる彼女の顔が色っぽく映る。でも俺が告白するのは今ではない。俺は再び花火に目を向けた。

五か所から連続で打ち上げられた花火が空を様々な色に光らせている。

スマイルの絵文字のような花火や、スイカを半分に切ったような緑と赤の花火。これは型物《かたもの》と呼ばれるものだ。最近ではキャラクターの形の花火もあるらしい。

空へ向かう花火の玉は宇宙を目指しているロケットみたいだ。いつ開くのだろうと思っているうちにどんどんと高く上っていく。そして、ドンという音とともに大きく花開く。高く上がれば上がるほど、大きな花が咲く。

中盤には音が鳴り止まないくらい連続でたくさんの花火が上がった。スターマインだ。花火が開く前に次々と花火が打ち上げられていく。空では花火が続けざまに色と形を変えていった。息を呑むほどの迫力だった。

それから約一時間、二人並んで花火を楽しんだ。四尺玉が打ち上がるのはそろそろだ。固唾《かたず》を呑んだ。

ひゅーという一際大きな音が鳴り、オレンジ色の小さな光が空に上がっていく。本来なら最後の四尺玉。でも今日は違うはず。他のどの花火よりも高く上がった光が、空で花開いた。

目の前いっぱいに花火が広がる。そして、いくつものオレンジ色の光の筋がゆっくりと落ちていく。

隣で楓の声が聞こえた。

「好き」

最後に緑色の光がキラキラと瞬《またた》いて消えた。

＊＊＊

私は彼に好きだと告げていた。彼に告白されるという予知なんて無視して、ただ好きだと彼に伝えていた。

もう予知で見た四尺玉は消えていた。風撫で丘には普段の夜ならこうなのだろう静けさが漂っていた。

予知は現実にならなかった。私が好きだと告白した瞬間に、予知が変わってしまったのか、それとももっと前に変わってしまっていたのか。彼に告白されることはなかった。代わりに私はこの時だけは、ただただ素直に好きだと伝えることができた。

滑稽《こっけい》だなと思った。

せっかく素直になれたのに、彼に告白されるという予知が現実にならなかったということは、彼は告白するほど私のことを好きではないのかもしれない。だとしたら、私はこの後フラれてしまう。手に持った巾着をぎゅっと握って、逃げ出したい気持ちを抑えた。

＊＊＊

隣で楓の声が聞こえた。予知と同じ「好き」という声が。楓に告白された。予知は現実になった。予知が現実になった嬉しさよりも、好きだと言われて単純に嬉しいという気持ちの方が強かった。

あとは楓の予知を現実にするだけだ。空を見つめる。頼む。上がってくれ。去年までなら、これで花火大会は終わり。でも今年は違う。もう一発上がるはずだ。

一発目の四尺玉から間が空く。自分の心臓がドクドクと強く早鐘を打っているのが分かる。

その時、遠くで音がした。ひゅーという四尺玉が打ち上がる音だ。

俺は楓の方を向く。楓は体を強張らせ、俯いていた。

ドンという音がした。空で二発目の四尺玉が開いた音だ。

楓は驚いて顔を花火の方へ向けた。俺もちらっと花火の方に目をやる。オレンジ色の光の筋の中でキラキラ輝くのは楓の予知で見たピンク色だ。

もう一度楓の方へと視線を戻す。

そして、言った。

「好きだよ」

楓がこちらを向いた。驚いた表情をしている。状況が呑み込めていないようだ。

だからもう一度言った。

「俺も楓のことが好きだ。付き合ってくれるか？」

楓に先に告白させてしまった分、俺から交際を申し込もうと思った。

「はい」楓は泣きそうになりながら、そう一言だけ言った。

近くで虫の音が聞こえ始めた。それは花火が終わったのだと教えてくれているようだった。

エピローグ

一か月後。あれから予知は見ていない。予知能力を失ったのだという感覚がだんだん現実味を増してくる。それでも後悔はしていないし、予知能力を失ったらでどうってことはなかった。他の人と変わらなくなっただけ。これからのことは自分で決めていく。ただそれだけ。今までが特別だったんだ。

夏休みも終盤を迎えた頃。昼間に風撫で丘に行ってみることにした。隣には楓がいる。

上る石段は花火の日の夜とはやっぱり違って、子どもの頃を思い出させてくれる懐かしさがあった。そして、聞こえるのは下駄の音ではなく、セミの鳴き声だ。

「昼間に来るのもいいな」

頂上に着くと風が頬を撫でるように吹き抜けて、気持ちがいい。

「そうだね」

あの時は暗くて気が付かなかったが、隅の方に小さな花畑のような一角があり、そこにはピンクの小さな花がいくつも咲いていた。

「こんなところに花が咲いていたんだな」

「うん。これはね、星の花って言うんだよ」楓は小さな花を近くで見るようにしゃがみ込んだ。

「星の花？」

「正式名称は私も分からないんだけど、お母さんが教えてくれたの。ここには昔神社があって、うちの先祖はそこで巫女をしていたらしいの。今は違うんだけどね。その時からこの花はここに咲いていたんだって」

俺は鈴木さんの話を思い返していた。

「綺麗な花だね」

「うん。覚えてるかな？　小学生の時に私が川に落ちそうになったのを亮君が助けてくれたこと」

「もちろん覚えてるよ」

「あの時、亮君が川から拾ってくれた瓶に花が入っていたでしょ？　あの瓶に入っていた花はここに咲いている花と同じ星の花だったんだ。見覚えのある花だったから気になって拾おうとしちゃったんだ。それで川に落ちそうになっちゃって……」

「そうだったんだ」俺も楓の隣にしゃがむ。近くで見ると、星の花は五枚の花びらを目一杯広げて咲いているのが分かった。

「うん。あの時拾ってくれた花にはちゃんと根があってね。台風の後、ここに植えたんだよ。だからあの時の花の子どもがまだここに咲いているかも」

台風の日、川の中でクルクルと回る瓶の中で咲いていた、ピンク色の小さな花を思い出す。確かにあの時の花だ。

「なんで星の花って言うのかなぁ。お母さんもお祖母《ばあ》ちゃんも分からないんだって。この花って薄いピンク色でほんのり光っているようにも見えるけど、それで星の花って言うのかなぁ」

少し悩んでから俺は口を開いた。

「それはね――」

千年前からここに咲いていたのだろうか。星の花が風に揺られる姿は小さな花火みたいだった。

第三章

たぶん

しなの「たぶん」

騒がしい物音で、目が覚めた。

親にも鍵を渡していない一人暮らしの部屋に、いともたやすく入ってこられるのは、ついこの間まで同居人だった人間だけだ。

「そう言えば合い鍵はあいつが持ったままだったっけ」なんてことに今更ながら気付いた。

突然あいつが出て行ってからこの数週間、いないという事実を受け止めるのが精一杯で、あいつが何を残して、何を持って行ったかなんてことにまで気が回らなかった。

久しぶり。お帰り。お早う。

どの言葉を向けるべきか分からず、すっかり意識は覚醒したのにいまだ目を閉じたまま、動けずにいた。

目を閉じて、何て言おうか考えていたのに、いつの間にか耳に意識が集中した。

今、聞こえているのは、たぶんあいつの立てる音。きっとそうだと思うけど。そうに違いないと思うけど。もしかしたら、泥棒だとか強盗だとか、そういう可能性はゼロじゃない。

たぶん、あいつ。そう思ったけれど、違和感もあった。本当にこの部屋にいるのは、あいつなんだろうか。


聞こえてくる音は、荒々しい。

バン、ドン、ガン、ダン。濁音混じりの雑な音。

ダダダ、ガガガ、ドドド、ギギギ。


よく知っている、あいつの音とはまるで違う。あいつの音は、もっと柔らかで、丁寧だ。濁らない音で暮らす人だ。

ドン、じゃなくて、トン。ダダダじゃなくて、タタタ。

軽やかで、緩やかで、和やかで。

いつだって居心地のいい音を耳に届けてくれた。こんな耳障りでうるさい音じゃなくて。

やっぱり違う。きっと違う。ここにいるのは、あいつじゃない。目を開けても、きっとあいつはいない。

今この部屋にいるのはおそらくきっと、管理人さんと交渉して鍵を開けてもらった母さんか、不法侵入の見知らぬ誰かだ。

だったらこのまま寝たふりをしておこう。母さんだったらそのうち無理にでも起こすだろうし、犯罪者だったら面と向かって戦うなんて怖すぎる。刃物とか持ってたら勝ち目なんてない。ただの泥棒だったら、盗《と》るもの盗ったら住人にわざわざ危害なんて加えずに出て行くに違いない。ヘタに刺激するより、寝たふりでやり過ごした方が身のためだ。

ああ、でも大事なものを盗まれたらどうしよう。無くなってしまったら困る、大事なもの。

通帳、は、すぐに銀行に連絡すれば何とかなるかな。
お気に入りの服、は、着倒して最近じゃくたびれているし、わざわざ泥棒が目をつけて持って行くこともないか。そもそもそんなに高い服でもないのだから。

スマホ、は、嫌だな。盗られたくないな。あれやこれやいろんなデータが詰まりすぎている。奪われたらめちゃくちゃ大変なことになりそうだ。

後は、何だろ。大事なもの。
どうしても、盗られたくない大事なもの。

……パッと思い浮かぶのはそれくらいで、自分という人間のつまらなさに気付かされたようで、なんだか口の中がざらっとする。やけに苦い。

正直に言うと他にも思い浮かんだけれど、それを認めるのはすごくしゃくなので、全力で打ち消しておく。

と、ふいに音が止んだ。

五秒待っても、十秒待っても、何の音もしない。

この部屋にいた誰かは、もうどこかに行ったってことだろうか。音がしなくなってから、おそらくもう三十秒は経っている。一分は経ってないかもしれないけど、体感的には、ものすごく長い時間が過ぎたかのごとく。

誰か、が、もういなくなったのなら、泥棒だった場合一刻も早く警察に連絡しないと。

目、開けても大丈夫かな。さすがにもう、大丈夫かな。

怖いけど、いつまでもこうしてるわけにはいかないし。せーのっ。


「ぎゃあっ」

「ぎゃあって、化け物見たみたいな反応しなくても」

目を開けた瞬間、人と目が合った。ベッド脇に立って、こちらを見下ろしていたのは、元同居人。そうであろうと思って、やはり違うと否定したその人が、まるで以前のまま、日常に溶け込むようにそこにいた。

あいつだったら、久しぶり、お帰り、お早う、どれを言おうかなんて考えていたのに、結局口から飛び出したのは、まさかの、「ぎゃあ」。

その次に出たのも、考えていた三つのどれでもない。

「なんで……」

それ以上の言葉が出てこず、起き上がることもせぬまま、呆然と元同居人を見上げ続けた。

「いや、ふと、立つ鳥跡を濁さずって言葉を思い出して、そういやほとんどそのままにして出てきたなぁって思って。鍵も持ったままだったし返すついでに、色々きちんときれいにしないとなって」

少なくとも、「お帰り」は、言わなくて正解だったってことだ。

帰ってきたわけじゃない。やって来ただけ。帰ってくるつもりなど、きっと微塵《みじん》もない。

「何も寝てる間に来なくても。怖いよ」

「あはは。ごめん。顔合わさない方がいいかなって思って。でも、いないときに勝手に来て勝手に帰るとか良くないかなって。だから寝てる間を狙って来た」

「起きてるときに連絡して普通に来ればいいのに」

「……普通は無理でしょ」

ついさっき、へらっと薄っぺらい笑みを浮かべていた顔から、笑みが引く。

どうしてこんなふうになっちゃったんだっけ。もし今、声に出して問いかけたら、きっと、出て行った日に残されていたメモの言葉を言うんだろう。

『たぶん、自分が悪い』って。たぶん。

……たぶん悪いのは、どっちか片方じゃなくて、二人ともだろう。

たぶん、こっちにだって原因はある。二人が続けていけなかった理由。

二人の関係を終わりにする明確な原因らしい原因なんてないのに、続けられなかった二人。

たぶん、原因がはっきりしないから、一つじゃないから、解決も改善も無意味だった。

『嫌いになったわけじゃないけど、ただ、しんどい』

……たぶん、自分が悪い、に続いた書き置きの言葉。

それを見て、妙に納得してしまった。同じ感覚が、自分にもあったから。

「お帰り」

体を起こしながら、思わず出た言葉。考えた三つの中で、一番正しくない言葉。言わなくてよかったと、一度は思ったのに。でもこの言葉に、深い意味は無い。無意識に、零《こぼ》れ落ちただけ。

お帰り。当たり前のように何度も言った言葉だったから。

「帰ってこないよ」

少し柔らかくて苦い笑みを表情に戻し、困った顔して言われる。

「知ってる」

「そっか」

会話が途切れ、しばらく、無言で互いの顔を見合った。視線を外してようやく先ほどの、うるさい音の意味を理解する。

部屋が、部屋の様子が、ずいぶん違う。

「どういうこと」

「あ。気付いた？　模様替えしといた」

「どういうこと」

戻ってくるつもりがないのなら、ここでの暮らしには無関係のはずの人間が、わざわざ模様替えをする必要なんてないはずなのに。

「立つ鳥跡を濁さず、って言ったけど、自分のものをまとめた後に何が気になったかって言うと、二人で暮らした雰囲気が残っているなって。できるだけ痕跡は消した方がいいかなって思えてきたんだよね。だから、家具動かしたりして、部屋の雰囲気を変えておくことにしたわけ。まあ、今後また自由に自分好みの部屋にすればいいと思うけど、とりあえず、ね」

確かに、ずいぶん違う。新しい顔した部屋はもう、二人で過ごした空間じゃなくなっていた。

無くなったら困るものを考えて、思わず浮かんでしまった「同居人の、痕跡」。現れたのは見知らぬ泥棒なんかじゃなかったけれど、どうしようもないくらい、すっかりきれいにこの部屋から奪い去っていった。本物の泥棒だったら、こんなにも鮮やかに消し去ることはできなかっただろう。皮肉な話だ。

「ものすごい音してたけど、床とか傷ついてない？　大丈夫？」

「一応、大丈夫だと思う」

「イメージと違う雑な音で作業してたね。泥棒かなんかが来てるのかと思って焦った」

「あはは。ごめん、ごめん。連絡せずに来て、勝手に入って模様替えしたものの、一言くらい言葉を交わして去らなきゃなって思ったから、音で起こすつもりで、わざと騒がしくした。……起きて、って触れるのは違う気がしたから」

「そっか」

また、沈黙。断ち切ったのは、あっち。


「じゃあ、これ、はい」

いきなり合い鍵を放り投げられる。受け取りきれずに、落としてしまう。

ベッドから下りてそれを拾っている背中に、言葉が続けて落とされた。

「色々物を動かしたから、埃《ほこり》もたってるし、掃除も必要なんだけど、後は任せていいかな。……お邪魔しました。元気でね」

顔を上げたときにはもう見えるのは後背だけで、そのまま振り返らずに、立ち止まらずに元同居人は去って行った。

こほっ。

埃のせいなのか、それとも違う何かのせいなのか、咳が出た。空気を入れ換えるためにカーテンを開け、窓を開けた。朝日が差し込むと、埃はまるできれいなものか何かのように、光を受けてキラキラ輝いて見えた。

「埃なんだけどな」

独りごちて、体を伸ばす。着替えて掃除をしないと。

痕跡にとどめをさすのは、自分の役目のようだから。

第四章

未発表曲

水上下波「世界の終わりと、さよならのうた」

1

固い床の感覚で目が覚めた。私は薄暗闇の中、砂が剝き出しの地面に直接寝かされているようだった。夕方なのかと思ったけれど、一瞬あとに、この世界にはもう夜が無いことを私は思い出す。

身体を起こし、周りの様子を窺《うかが》ってみる。そこは、小さな廃工場のような場所だった。いくつかある窓は全てに遮光カーテンが引かれていて、カーテンの隙間から漏れてきた光が、空気中の埃に反射して小さくきらめいている。

その暗がりの向こう側に、無数の輪郭が見えた。

目を凝らしてみると、それは乱雑に置かれた楽器たちだった。

いくつものギターやベース、ドラムセットもあれば、トランペットやトロンボーンといった吹奏楽器もある。そのどれもが乱暴に床に投げ出されている。

そしてその中心部には、他の楽器たちに守られるように、大きなグランドピアノが置かれていた。

「ここは……」

思わず声が漏れた。

「楽器の墓場だよ」

暗闇から急に返事が返ってきて、私の心臓は止まりそうになる。人が居るなんて、まるで気がつかなかった。

私は部屋の隅、声のした方へと向き直る。

雑多な楽器の山の中に埋もれるように。

そこには、まるで自分も楽器の一部かのように床に座り込みながら、ジッと私を見つめている若い男の人がいた。

2

この世界に『終末宣言』が発表されてからもうすぐ一年になる。

詳しい理由は知らないけれど、この世界は明日滅ぶのだという。それがどんな形でなのかは俺のような一般人には分からないし、別に知りたいとも思わないけれど。

もちろん、ある日突然「世界は終わります!」などと言われても、初めはそんなこと誰も信じていなかった。誰もが馬鹿げた未来予報を笑い飛ばしていた。けれど現に世界中で異常事態は起こり続けていて、政府もテレビも新聞も終末宣言を撤回したりはしなかった。

だからきっと本当に世界は終わるのだと、今では世界中の人たちが信じている。

何ヶ月か前までは、日本でもテロや暴動が頻発していたけれど、今ではすっかり落ち着いていた。多分、そんなことをしても何の意味もないことに気づいたのだろう。

人との繋《つな》がりを求めてもっと都会へ行った人や、逆に田舎へ帰っていった人もいれば、絶望して自ら命を絶つ者や、もちろん動乱に巻き込まれて亡くなった人だって大勢いた。

今のこの街には殆《ほとん》ど人が残っていなくて、だから結果として、ある程度の平和が保たれてはいた。

その女性を助けたのは、ただの気まぐれだった。

いつものように、誰も居ない街を彷徨《さまよ》っていた時、大通りに行き倒れている女性を見つけたのだ。

最初はマネキンが打ち捨てられているのだと思った。もう何日も、生きた人間になど会っていなかったから。

これまでだったら間違いなく無視していただろう。けれど今日に限ってそんな気まぐれを起こしてしまったのは、もしかすると最期の日に、何か良いことをしたくなったからなのかもしれない。

「あの……」

女性が立ち上がり、楽器を避けながら俺の方へと数歩近づいてくる。彼女の動きに合わせて、淀んでいた倉庫の空気が揺れる。

「えっと、今日は何日ですか？」

「世界最期の日の朝」

俺がそう言うと、彼女は胸に手を当てて大きく息を吐いた。

「そうですか。では、ここは天国ではないのですね」

「死にたかったのか？　だったら悪いことをしたな」

「いえ。そういう訳では――」

その時、キュウと小さな音が鳴った。彼女の腹の音だ。行き倒れていたのは、腹が減って動けなかったからなのだろうか。

彼女は恥ずかしそうに腹を押さえて、頬を赤くする。

「助けていただいてありがとうございました」

彼女が深々と頭を下げる。

しっかりした子だ、と思った。きっと親の教育が良かったのだろう。

そんな子がどうして、一人きりでこんなところを彷徨っていたのかが気になった。けれどすぐにそんな思考は打ち切った。

親が死んだか、捨てられたのか。あるいは彼女自身、死に場所を求めて彷徨っていたのか。

いずれにせよ、聞いて楽しい話ではないだろう。明日全てが終わるような、こんな世界では、何があったって不思議ではない。

「腹が減ってたのか？」

「ええ、まあ……。丸二日くらい何も食べてなかったので……」

「食料ならそこの棚にある」

「良いんですか？」

「残しておいても意味はないからな。どこに行こうとしていたのかは知らないけど、好きなだけ持っていけば良い」

けれど彼女は何かを考え込んでいるみたいに動かない。

「あの、あなたは――」

「え？」

「あなたはここで何をしているんですか？」

「……そんなことを聞いてどうする？」

「この楽器のこと。気になったので」

くるりとその場で一回転して、彼女は両腕を大きく広げた。

俺は小さくため息をついて首を振る。

「知る必要はない。今さら身の上話なんかしても仕方ないだろう？　俺はただ、好きなようにしているだけだ」

俺の言葉に何か反応するでもなく、彼女はじっと俺を見つめている。心の中まで見透かされてしまいそうな妙な居心地の悪さを感じた。

さっさと追い出してしまおうか。そう思いかけた時、彼女が口を開く。

「もう少しここに居てもいいですか？」

「何故だ？」

「ただ、そうしたいからです」

「……危機意識の足りない馬鹿なのか？　それともそんなことも考えつかない程の世間知らずか？　俺があんたに襲い掛かったらどうするつもりだ？」

「それならわざわざ私を助けたりしないでしょう？　それに、さっきあなたも言っていたじゃないですか。私も好きなようにしようと思っただけです」

俺のことを微塵《みじん》も疑っていない眼差しだった。それを見ていたら、否定する気もなくなってしまうような、無垢《むく》な瞳。

結局俺は、絞り出すように言う。

「だったら……好きにしたらいい」

「ありがとうございます」

「……俺は出かけてくる」

「はい。お気をつけて」

彼女の言葉から逃げるように、俺は倉庫から出る。

あそこに彼女がいるだけで何故こんなにも居心地が悪いのか。それなのに、何故俺は彼女を強引に追い出さなかったのか。

　車を走らせながら、俺はそんなことを考えていた。

3

　車の音が遠ざかっていくと、倉庫には静けさが満ちた。淀んだ空気に時が止まった気さえしてくるようだった。

　辛うじて私が動くと、それに合わせて砂埃が舞って、世界がまだ終わってはいないことを教えてくれている。

　倉庫の隅にある棚には、彼の言っていた通りに食べ物が置かれていた。とても一人では食べきれないほどの量だ。彼が集めてきたのだろうか。

私はその中から、そのままでも食べられそうな、レトルトのトマトスープを選んで取り出してきた。

「父よ、あなたの慈しみに感謝して、この食事をいただきます――」

冷たいまま飲むスープは、お世辞にも美味しいとは言えなかった。けれど、一口飲むごとに、身体に活力が溢れてくるような気がした。人はみな、日々の糧によって生かされている。

ゆっくり、時間をかけて私はそれを飲み干した。


片付けを終えても、彼はまだ帰ってくる様子が無かった。壁に掛けられた時計を見ると、今は午前十時頃のようだった。日が沈まないせいで時間の感覚が曖昧になっている。もしあの時計が狂っていても、それを確かめる手段は無い。

少し考えて、私は倉庫のカーテンと窓を開けた。

彼に怒られるかもしれないと思ったけれど、埃っぽい、淀んだ空間に置かれたままの楽器が可哀想だったから。

それにさっき、私は好きなようにすると言ってしまったから。今を逃したら、後悔することすらもうできなくなってしまうのだから。

窓の外からは葉擦れの音が微《かす》かに聞こえている。穏やかな風が吹いて、窓のカーテンを揺らしている。もう十二月だというのに、春のように穏やかで気持ちの良い日だった。

私はひとつひとつの楽器を確かめるように、倉庫内をゆっくり見て回った。

雑多な楽器たちは、本格的でいかにも高そうなものから、アニメのキャラクターがデザインされた子ども用のおもちゃみたいなものまで様々だった。ここは以前、楽器屋の倉庫だった場所なのだろうか。それにしては不衛生で楽器にはよくない環境だけれど。

倉庫の中央には、この空間を象徴するような大きなグランドピアノがあって、そのすぐ側にはヴィンテージらしいアコースティックギターが立てかけられている。ギターの弦を撫《な》でると、綺麗な音色が優しく鳴った。

私はグランドピアノの前に座って、鍵盤の蓋を開ける。懐かしい、と思った。それから少し笑ってしまいそうになる。もう二度と弾くことはないと思っていたのに、世界最期の日に、こうしてまたピアノの前にいる。それはなんて運命的なことだろう。

鍵盤に手を添えて、深呼吸をひとつ。小さいころからずっと続けていたピアノだけれど、もうずっとまともに触れていなかった。

今でも弾けるだろうか。心の端に浮かんだ考えを、頭を振って追い払う。きっと大丈夫。私の身体は、今でも音楽を憶《おぼ》えている。

決意と一緒に指先に力を込めると、想像していたよりもずっと低い音が辺りに響いた。

4

道路の段差を乗り越えた拍子に、後部座席からガシャンという音が聞こえて振り返った。この辺りのアスファルトも傷みが目立つようになってきた。管理する者が居なくなると、あらゆるものが信じられないほどの早さで劣化していく。

軽バンの後部座席には楽器が雑多に積まれていた。どれも周辺の民家や店舗から見つけてきたものだ。

あの倉庫に楽器を集め始めてからもうすぐ三ヶ月ほどになる。この街にあった楽器は、あらかた回収してしまったのだろう。今日はほとんど収穫がなかった。

他人の領分を身勝手に荒らして、楽器を持ち去る。世界がこんな風になる前だったらとっくに逮捕されているような行為だけれど、俺を咎《とが》める人はもはやどこにもいない。法律によって管理されなければ、物質と同じように精神すらも驚くべき早さで劣化していくのかもしれないと思った。

カーステレオのAMラジオからはノイズ混じりのクラシック音楽が流れている。民間のラジオ局なんてとっくに運営されなくなっているというのに、数週間前から、何故かラジオが入るようになっていた。

恐らくどこかの誰かがラジオ局に入り込んで、私的に放送を続けているのだろう。

今の曲目は、ドヴォルザークの『新世界より』。クラシックに詳しくない俺でも聞いたことがある有名な曲だ。なんとなく、終わりの日に相応《ふさわ》しい選曲だと思った。


『あなたはここで何をしているんですか?』

今日一日、ずっと考えていたのはあの女の子の言葉だった。

俺は一体、こんなところで何をしているのだろう。どれだけ考えても、その答えは自分でも分からなかった。

俺は、あの倉庫に住みはじめた日のことをボンヤリ思い出す。

一人きりになって、死に場所を探して。彷徨っているうちに見つけたあの倉庫に、一人きりでポツンと置かれていたグランドピアノを見つけた時、俺は楽器を集めることに決めたのだ。

この行為がどんな意味を持つのかは分からないけれど、最期の瞬間のことだけは決めていた。

ずっと日が落ちないせいで忘れそうになるけれど、今はもう夕方だ。

何時に世界が終わるのかは分からないけれど、それほど時間は残されていないだろう。

長らく雨が降っていないせいで乾ききった地面は、少しの風が吹くだけで砂埃が大げさに舞った。

この街には、もう俺以外誰も居ない。世界が終わるより一足先に、この場所は既に死に絶えている。

世界最期の日。俺は、あの倉庫に集めた楽器たちと一緒に、自分ごと全てを燃やし尽くしてしまうつもりだった。そのために俺は、ずっと楽器を集め続けている。


クラシックを流し続けていたラジオから、不意に人の声が聞こえてきた。

『勝手にお送りしてきたこの放送も、今日でおしまいです。短い間でしたが、最期までお付き合いいただきありがとうございました。またいつの日か、あなたとお会いできることを願っています。それでは、さようなら』

初老の男性の声の後ろに流れているのは、ヘンデルのハレルヤ・コーラスだった。

皮肉なものだ、と俺は思う。

この世界には神さまなんて居やしない。明日になれば、嫌でもそれが分かるというのに。それでも祈ることをやめられないのは何故なのか。

気がつくともう倉庫は目の前だった。俺は倉庫の入り口に横付けで車を停める。エンジンを切ると、ハレルヤの合唱は、一切の余韻を残さずに無情にも消えた。


あの女の子はもうどこかに行っただろうか。できれば居なくなっていて欲しい。そんなことを思いながら車から降りると、どこかから微かなピアノの音が聞こえてきた。

俺は弾かれたように、倉庫の中へと駆け込んだ。

5

突然、倉庫の扉が開かれる金属音が聞こえて、私は驚いて振り返った。

倉庫の入り口にはいつの間にか彼が居て、肩で大きく息をしながら私を見つめていた。

「おかえりなさい」

「あ、ああ……」

「すみません、勝手にピアノ弾かせてもらってました」

「それは構わないが」

怒られるかと思ったけれど、彼はただ目を見開いて、呆然としているだけだった。

「あの？」

「……音が狂っていたはずだろう。調律したのか？」

なるほど。彼はそれで驚いていたのだと納得する。

私は少し得意げに、胸を張った。

「私、こう見えても音大生なんです。今はもう、大学なんて無くなりましたけど」

「……へえ」

「と言っても調律は初めてなので、細かいズレはあるかもしれません」

「それでも、俺には調律自体、できなかった」

鍵盤の音を確かめながら、彼が言う。

「世界がこんな風になってからはピアノなんて全然弾いてなかったので、また弾ける日が来るなんて思いもしませんでした」

「そんなにありがたがるようなものかね。今さらピアノなんて弾いて何の意味があるんだか」

「ピアノを弾くことに意味なんて無いですよ。私はただ、自分が弾きたいから弾いてるだけです」

私の言葉に、彼は皮肉そうに口元を歪《ゆが》めると、鼻を鳴らして軽く笑う。

私はふと、彼がこの倉庫に住んでいる理由が分かった気がした。言葉では否定しているようでも、やっぱり彼は、音楽が好きなのだ。

ピアノの音が狂っていると知っていたのは、彼が音楽をやっている人間だからだ。

「あの、良かったらあなたも弾きませんか？」

「俺はピアノは弾けない。好きなように弾いていてくれ」

それだけ言うと彼は倉庫の隅に座り込んでしまう。そこが彼の定位置なのだろう。

私は思いつくままに、鍵盤に指を走らせる。音の連なりが曲になって、空間に溢れる。彼は目を閉じて、ピアノの音色に耳を澄ましてくれているようだった。


「よっぽど好きなんだな」

曲の切れ目に、唐突に彼が言った。

「え？」

「ピアノ。楽しそうに弾くから」

そう言われて、私は自分の気持ちに気づいた。

「……そうですね。ピアノは私の全てですから」

「全て？」

「私の母は元ピアニストだったんです。父は売れない作曲家」

それはまだ世界が平和だったころの記憶。懐かしくて、もう二度と戻れない日々。

「小さいころからピアノの練習ばっかりさせられていたんです。両親は、私をショパンコンクールで優勝させるんだって息巻いて。そんなこと無理に決まってるのに、叶わない夢を私に押し付けて。馬鹿ですよね。だから私にはピアノしかないんです」

「……それが辛かった？」

「ピアノなんてもう見るのも嫌だって思ったこともありましたよ。大学がなくなって、テロに巻き込まれて家もなくなって一人ぼっちになって。これでもうピアノを弾かなくてすむって思ったんですけどね。それなのに、こうしてまたピアノの前にいるんだから、不思議なものですよね」

結局、私はピアノから離れられていない。それはやっぱり、音楽が好きだからなのだろう。

「すみません、こんな身の上話しても今さらでしたよね。忘れてください」

「いや……」

私の軽口に、彼は困ったように眉根を寄せる。朝の言葉を思い出しているのだろう。今朝よりも彼の表情が随分柔らかくなっていると思った。音楽が空気をほどいてくれているのだ。

私は鍵盤から指を離して、座る向きを彼の方に変える。

「やっぱり、一緒に弾きませんか？　そうしたら、きっと音楽をやる意味も分かりますよ」

「だから俺はピアノは――」

「いえ、ピアノじゃなくて、こっちです」

私はピアノのすぐそばに立てかけられているギターを示す。

彼は驚いた表情で私を見る。初めて本当の彼に触れられた、と思った。

6

彼女は微笑みながらギターと俺を交互に見ている。

「……どうして」

「ギタリストなんでしょう？　このギターだけ、ちゃんと手入れされていましたから」

「そうじゃなくて、どうしてあんたと一緒に？」

「せっかく二人でいるんですから、一緒に弾きたいんです。最期の日なんですから良いじゃないですか」

真っすぐにそう言われてしまうと、どうしてか簡単にはそれを拒否できないような気がした。

俺は辛うじて、一言だけを口にする。

「クラシックの曲なんて知らない」

「クラシックでなくてもいいですよ。私、本当はクラシックよりもジャズが好きなんです。母の前では弾かせてもらえなかったんですけどね」

「ジャズの曲だって分からないんだが」

「適当でいいんですよ。……そうですね、ペンタトニックは分かりますか？」

「当たり前だろう」

馬鹿にされたような気がして反射的に言い返してしまって、それから、すぐに後悔した。分からないと言っておけば逃げられたかもしれないのに。

彼女は安堵したように胸に手を当てた。

「でしたら、コードを言うので、ペンタトニックから外れないところだけ弾いてもらえれば大丈夫です」

「……分かったよ」

俺が答えると彼女はピアノを弾き始める。四つ打ち三和音のシンプルなバッキング。「最初はC、G、Am、Fからはじめます」と彼女が言った。

俺がギターを構える間にも、彼女は同じルートを何度もなぞる。彼女と目が合った。彼女は小さく頷《うなず》く。

削れて丸くなったピックで弦を弾くと、ピンとギターの音が鳴った。実際にはグランドピアノの音量に負けて、ギターの弱々しい音なんて殆ど聞こえないはずなのに、彼女は嬉しそうに表情を緩める。

俺を試すように、煽るように、ピアノが加速していく。時々わざと調子を外しながら彼女は次々にコード名を口にしていく。

歌を歌っているように、楽しそうに身体を揺らしながら。

彼女の声に合わせながら、俺は必死に指を走らせる。様子を窺うように彼女が俺を見る。俺は頷き返す。

彼女が大げさな転調を仕掛けてくる。思考する前に指先が動いて、彼女に返事を返す。神経が耳と指先だけになってしまったような気がした。

音がピタリと合った瞬間。いつも自分が自動で音を奏でる機械の一部になったように感じる。それはとても心地よく、懐かしい感覚で。


「泣いてるんですか？」

「……え？」

いつの間にかピアノが止まっていて、俺は自分が涙を流していたことに気づく。

「大丈夫ですか？」

「ああ……少し、昔のことを思い出していた」

「昔のこと？　良ければ教えてくれませんか？　それとも、それも話しても仕方ないことですか？」

彼女が優しく微笑む。

それを見ていると、どうしようもなく自分のことを知って欲しくなった。

俺は目を閉じて、懐かしい日々を追想する。

「世界がこんな風になる前、俺はミュージシャンだった。何とか食えていけるくらいの、大したことない存在だったけれど。親友と二人で、アイツがキーボードで俺がギターを弾いていた」

「ええ、そうだと思っていました」

「終末宣言が出されて仕事もなくなって、そんなある日、アイツは急に旅に出ようと言い出した。こんな世の中だからこそ、日本中を回って音楽で夢を届けたいなんて、馬鹿みたいなことを言っていた」

「素敵ですね」

「実際にはただの宿無しだ。気ままに車を走らせて、思いついたように路上ライブをして。観客なんてほとんどいないのに、アイツは満足そうにしていた」

「その方は、今は、どうされているんですか？」

彼女が聞いた。何が起こったのか大方の予想は付いているのだろう、彼女の表情は硬い。

「死んだよ。多分な」

「……多分、ですか？」

「ある日、いつものようにライブをしていたとき、暴漢に襲われた。その日、その近くで小さなデモみたいなことをやっていたらしい。俺は、このギターだけを抱えて逃げた。必死だった。アイツも逃げたはずだけれど、それ以来離れ離れだ。どれだけ捜しても見つからなかったから、きっと死んだんだろう。そしてそれ以来、俺は音楽をやめた」

「…………」

彼女が瞳を閉じて、うっすらと涙を流しているのが見えた。こんな馬鹿みたいな話を聞いて泣いてくれるのだとしたら、アイツも少しは報われるだろうか。

「なあ教えてくれよ。音楽に、一体何の意味があるんだ？　音楽で希望を届けようとしていたアイツは、音楽のせいで死んだ。どんな綺麗ごとを言ってたって、アイツが死んだことは事実だ。音楽に世界を変える力なんてない。こんなもので夢や希望を与えるなんて、叶わない夢だった。そうだろう？」

彼女は少しも目を逸らさずに、俺を真っすぐに見つめ返す。それから、ひとつひとつの言葉を確かめるように、考えをまとめるように、ゆっくりと口を開く。

「私、思うんです。あなたの言う通り、きっと、音楽に世界を変える力なんてないんですよ。平和を歌っていたレノンだって暴力の前には無力でした」

「そうだ」

「――でも、すぐ隣にいる人の、聴いてくれた人の背中をちょっとだけ押してくれるような、音楽にはそんなちっぽけな力がきっとあります」

「そんなもの、聞こえなければ、無いのと同じじゃないか」

「だから私たちは曲を奏でるんですよ。届かないかもしれない。響かないかもしれない。それでも、誰かに届くことを祈って」

純粋に音楽を信じるその瞳には一切の揺らぎが無い。窓からの陽光が彼女を照らして輝いているように見えた。その姿が余りにも眩しくて、俺は目を逸らす。

「もう明日には、誰も居なくなるのに」

「今ここには私が居て、あなたが居ますよ。きっとその方の音楽は、今もあなたの背中を押しているんでしょう？　だからあなたは今も音楽から離れずに、ここに居るのでしょう？」

その言葉は不思議と胸の奥にしみこんできて、心がスッと軽くなったような気がした。

それからようやく気づく。俺はずっと、アイツが戻ってくるのを待っていたのだ。

結局アイツは戻ってこなかったけれど、代わりに彼女をここに連れてきてくれた。

瞳の奥が疼《うず》いた。また泣いてしまいそうになって、俺は顔を伏せた。

「……あんたは、最期の時を過ごす相手がこんな得体の知れない男で良かったのか？」

彼女はいたずらっぽく笑う。

「それじゃあ今さらですけど、自己紹介をしましょう。私の名前は奏《かなで》です。〝あんた〟じゃありませんよ。あなたの名前も教えてください」

「修也《しゅうや》だ」

「ほら。これで得体の知れない相手ではなくなりましたよね。さあ、音楽を続けましょう。これが最期なんですから、もう一秒だって無駄にできませんよ？」

彼女――奏が冗談めかして言って、ピアノを高らかに鳴らす。俺も彼女と歩調を合わせるように、音を合わせる。

明日本当に世界が終わるのかは分からない。

けれど、どうか終わらないで欲しい。俺は本当に久しぶりに、そう思った。

もしも明日世界が終わらなかったら。その時は俺と一緒に旅をしないか？

そう言ったら、彼女はどんな反応をするだろうか。俺はギターを弾きながらずっと、そんなことを考えていた。

YOASOBI

Ayase × ikura

インタビュー

小説が音楽になるまで

「小説を音楽にする」という、これまでになかったコンセプトで活動しているYOASOBIは、二〇二〇年、最も注目を浴びたアーティストといって間違いありません。コンポーザーとして作詞・作曲・アレンジを手がけるAyaseさんとボーカルのikuraさんは、この本に収録されている原作小説を、どう魅力的な楽曲に作り変えていったのでしょうか。お二人の創作の秘密に迫ります。

デビュー曲『夜に駆ける』は勇気が必要だった

——そもそも、YOASOBIにとって、原作小説はどういった位置づけなのでしょうか。

Ayase 楽曲の骨組みや柱にあたると考えています。原作小説には「骨」のまわりに「肉」がついていて、両方でひとつの作品として成立しています。でも、それを楽曲にするためには、いったん元の肉をはがして、別の肉をつけて生まれ変わらせる必要があります。

ikura 私は、Ayaseさんが加えた新しい「肉」の上に、歌という「皮膚」をつけているイメージでしょうか。そうして楽曲という生き物が誕生します。

——では、楽曲の「骨」になる原作小説を読んだとき、どんな感想を抱いたのでしょうか？　たとえば、『夜に駆ける』の原作である「タナトスの誘惑」は？

Ayase 話の流れがはっきりしていると思いました。結末にどんでん返しがあって、そこに至るまでの流れがスピーディーです。曲作りにあたっては、そういう疾走感と、ハッとする驚きを意識しました。

——原作小説をどうやって楽曲にするかは、読んでいるときに浮かぶのでしょうか?

Ayase　小説を楽曲にするためには、原作にないものを加えるというより、すでにあるものを大きくしたり、広げたりしていく方が、ふさわしいと思います。小説を読んで、何か感じるものがあったら、本当にそうなんだろうか、と自分に問いかけてみる。それを繰り返すなかで、核になるものを見つけて音楽を作っていきます。

——原作小説は「骨」にあたるそうですが、この『夜に駆ける』を始め、どの曲も「肉」のつけ方が絶妙です。小説の行間に隠れていることを、見事に引き出しているような……?

Ayase　そう思っていただけたら嬉しいです。歌詞には主人公の気持ちを書き込むことも必要ですけど、それだけでなく、どんな出来事が起きているかを語る必要があります。そのためには、主人公から一歩離れて、物語を眺める必要があります。また、僕自身が原作小説を読んでどう思ったのかも大切です。その三つのバランスを取りながら、歌詞を書いていきます。

——曲作りにあたって、ご自身がどこに立つかということを、意識されているんですね。

Ayase　主人公の気持ちだけをひたすら綴っても、曲を聴いている人には何が起きているのかわからないでしょう。でも、単なるストーリーテラーだと、説明する人になってしまいます。僕の感想だけを盛り込んでも、偏ってしまう。その三つをしっかりと組み立てれば、原作小説の世界観を活かしながら、音楽にしかない世界が作れるのではないでしょうか。

ikura ——ikuraさんは「タナトスの誘惑」を読まれたとき、どんな印象を抱かれましたか？

結末を読むまでは、シンプルなラブストーリーだと思っていました。精神的に追い込まれた女の子の物語なのかな、と読み進めていったら、思いがけない展開が待っていて。ずっとグロテスクでダークなテーマだと思っていたので、アップテンポでキャッチーな曲が上がってきたときは衝撃を受けました。でも、Ayaseさんには何か意図があるんだと思いましたし、原作小説の持つスピード感は楽曲にも活かされていたので、歌うときもそのスピード感を大切にしました。最後に感じたゾッとした気持ちも、伝えないといけないなって。

Ayase グロテスクでダークな話だからこそ、キャッチーな曲にしたかったんです。「死」というテーマは、簡単に扱っていいものではありません。また、歌詞は小説がベースになるので、どうしても暗いものになります。そんな歌詞に重苦しい曲をのせてしまったら、あまりにも救いがないし、聴くに堪えないはずだと。

そもそも、グロテスクな感じを表現するには、グロテスクさをそのまま出しても意味がないですよね。僕はホラー映画が好きでよく観るんですけど、本当にゾッとするのは、日常風景のなかで、思ってもみなかった不気味なものを見たときです。だから「タナトスの誘惑」の暗い雰囲気を印象的に伝えるには、むしろポップな曲の方がふさわしいと直感しました。

『夜に駆ける』はYOASOBIの一作目でしたので、小説をどう楽曲にしていくか、チームみんなで探りながら進めていきました。完成まで何十曲もボツにして、ディスカッションを重ねながら、三か月ほどかけて完成にこぎつけました。

――ikuraさんはこの本の特典である「タナトスの誘惑」の朗読動画にも挑戦されました。いかがでしたか？

ikura 部分的に声に出したことはあったのですが、全体を通して読んだのは初めてでした。『夜に駆ける』の歌詞一つひとつの意味が深くなって、もっと丁寧に歌いたくなりました。

――この朗読を聴いた方は、歌とはまた違うikuraさんの声に、ちょっと驚くのでは？

ikura YOASOBIというグループ名には、皆さんの夜の時間に音楽で寄り添いたいという思いが込められています。ですから、寝る前のゆったりした時間を過ごしている方とか、悩み事があってなかなか眠れない方に、寄り添うような声で語りたかった。楽曲のタイトルも『夜に駆ける』ですし……。

――初めて『夜に駆ける』というタイトルを聞いたときはどう感じましたか？

ikura 『夜に駆ける』という言葉は、最後の〈夜に駆け出していく〉というところまで出てこないんですよね。それをタイトルにするのは、勇気が必要だったはずです。でも、「夜」だけではなく、「駆ける」という動きのある言葉が入ることで、聴く方の想像力を刺激したんじゃないかな？

Ayase このタイトルにして本当によかった。しっくりくるものが思いつかなくて悩んでいたのですが、「シンプルに『夜に駆ける』がいいんじゃないですか」って言ったら、みんな賛成してくれたんです。これ以上ないタイトルになりました。

——『夜に駆ける』はお二人にとって特別な一曲になったのでは？

Ayase そうですね。YOASOBIがここまで多くの方に支持していただいているのは、最初に『夜に駆ける』があったからだと思います。一曲目ということで、どこまでできるか難しいチャレンジでしたが、結果として大きなムーブメントに繋がったので、本当にいい曲を作れました（笑）。

ikura 私も、ボーカルとしてどう歌えばいいかわからないところからのスタートだったので、思い入れは特に強いです。YOASOBIの「名刺代わり」の一曲になりました。

「予知夢」をテーマに胸キュンさせたかった

——二曲目となる『あの夢をなぞって』の原作「夢の雫と星の花」を読まれたときは、

どんな感想を抱きましたか？

Ayase 甘酸っぱい印象が胸に残りました。原作小説にある「予知夢」というSF的なものや未来をどう変えていくかというテーマは、膨らませなくていい。むしろ、青春の爽やかさや切ない気持ちを強調して、聴いている方の胸をキュンとさせたいと思いました。

　原作小説は「タナトスの誘惑」と比べるとずっと長いです。楽曲を聴いた方が原作小説を読んだとき、予知夢のことや未来のことなど、楽曲に描かれていない部分を楽しめる仕掛けになっています。

——曲を作るとき、SF的なものを外したのはなぜですか？

Ayase 実は最初、予知夢や未来というテーマを曲に盛り込んで作っていました。でも、恋愛や青春の部分と、予知夢や未来の部分のバランスがうまく取れなかったんです。どちらも中途半端になってしまったので、完成寸前の曲を一から作り直しました。

　音楽には音楽のよさがあるし、小説には小説のよさがあります。小説にあるものを、全て音楽に入れなくたっていい。歌詞ではキーワードを入れるくらいに留めておいて、小説を読んだ方に「このことを指していたんだ」と気づいてもらう。そんな楽しみ方があってもいいんじゃないかな。

——ikuraさんは『あの夢をなぞって』の原作小説を読んで、どんな感想を？

ikura 私は小説が好きでよく手に取るのですが、予知夢をテーマにした作品でも、今までに読んだことがないものでした。歌詞には男の子の心情と女の子の心情が混ざっているんですが、同じ「好きだよ」という言葉でも、男の子と女の子で歌い分けています。「タナトスの誘惑」×『夜に駆ける』が男の子目線だったので、違いを出せたらいいなって。

――次に、四曲目となる『たぶん』の原作小説は、男女二人の別れという身近なテーマを扱った短い作品です。

Ayase 僕も大切な人との別れを経験したばかりだったので、原作小説にはとても共感しましたし、曲作りもスムーズに進みました。

――ご自身の思いを曲に込められたんですね。

Ayase そうですね。もちろん違いもあって、この小説の主人公は、割とサッパリしてるというか、諦めがついている様子ですが、僕はどちらかといえば未練を残すタイプです。（笑）

ただ、小説の二人と気持ちの重なる部分が多かったので、曲はあっという間に浮かんできました。同じような別れを経験している方も多いと思いますので、『夜に駆ける』や『あの夢をなぞって』より、さらに身近に感じてもらえるんじゃないかな。

ikura 面白かったのが、原作小説の主人公がずっと目を瞑《つぶ》っていることです。その自問自答だけで物語が進んでいくことに、言葉の力を感じました。だから、自分が歌うときにも、自問自答している感じをしっかり出したかった。悪いのは誰だっけと自分を責めたり、自分の中で答えを出そうとしたりして、ぐるぐると葛藤している。目を開けば相手がいるはずなのに、そうできない主人公の気持ちを、歌にのせたかったんです。

――小説「世界の終わりと、さよならのうた」は、音楽という題材が直接的に描かれている作品ですね。このインタビューの時点で同原作を基にして、五曲目となる曲作りを進められているそうですが……？

Ayase 物語に大きなスケールを感じました。明日で世界が終わるというテーマこそお馴染みのものですが、物語のなかに「終わる」ことへの悲しみとは別の感情が込められているところがいいですね。明確な結末があるわけではなく、いろんな感情が主人公から溢れだすという最後も、僕はとても大好きです。

この小説を原作にして作っている曲は、極上のバラードです。テンポはゆったりとしたものですし、楽器もピアノとストリングス（弦楽器）に、打ち込みのサウンドを添えています。僕自身が通ってきたクラシックの世界と、奥行きのあるikuraのボーカル、その魅力をあわせもった楽曲になるでしょう。まだ制作中なんですけど……（笑）。

――他の作品と比べても、強いメッセージが込められていますね。

Ayase 僕たちは音楽を仕事にして生きていますし、音楽に生かされているとも言えます。世界が終わるという日に、本当に自分たちが音楽を奏でているか？　こればっかりは経験してみないとわからないですけど、最後のときに振り返るのは間違いなく音楽のことだと思います。

「Ayaseさんが小説をどう解釈したのかを考えます」

――レコーディングに臨まれるとき、ikuraさんは、楽曲と小説のどういったところを活かして歌おうと心がけているのでしょうか?

ikura 原作小説が決まったら自分なりに読み込んで、どんな曲になるのかをイメージします。そのあと、楽曲を受け取ったら、Ayaseさんが小説をどう解釈したのかを考えます。歌詞に原作小説で用いられている言葉があれば、それは大事な言葉なんだろうなとか。反対に、原作に書かれていない部分があったら、Ayaseさんはどうしてこの歌詞を書いたんだろうとか。

もちろん、小説を書かれた作者の意図も想像します。それらを重ね合わせて、どういう風に歌おうかと考えていきます。レコーディングに入ってからも、Ayaseさんたちと話し合いながら仕上げていきます。

Ayase 自分が当初思い描いていたものとは違っても、僕はikuraの感性を尊重しているので、彼女が語る曲のイメージを聞いて採用したことが何度もあります。「望む雰囲気を出すためには、こんな感じでリズムに乗った方がいいんじゃないか」といった、テクニカルな部分についての話し合いが多いです。

——YOASOBIを立ち上げるにあたって、「小説を音楽にする」というコンセプトを聞いたとき、Ayaseさんはどう受け止めたんでしょうか？

Ayase 「ありそうでなかった」と思いました。それまで曲と歌詞の両方を自分で作ってきたからこそ、すでにある原作を活かして曲を作っていくという試みは新鮮でした。面白そうとは思ったけど、その難しさも想像できたので、最初は挑戦と捉えていたかな。

——小説を原作にした楽曲の世界観を表現するにあたって、ikuraさんの歌声が、大きな意味を持ったのでは？

Ayase YOASOBIのボーカリストを探すにあたって、こういう感じの声の人がいいんじゃないかなというイメージは持っていました。でも、ikuraの歌声には、ずば抜けた透明感と、親しみやすさが両方あった。どこかにいそうで、どこにもいない。まさに彼女にしか出せない歌声です。物語や主人公によって歌い方を変えていますが、どれもikuraの歌になっている。最近になって、その「芯」にあたる部分がより太くなってきました。YOASOBIとしてももっと面白いこともできそうで、いろいろな可能性を感じさせてくれます。十九歳の成長のスピードは恐ろしい（笑）。

ikura うれしいです。

——ikuraさんは以前からシンガー・ソングライター「幾田りら」として活動され、アコースティックセッションユニット「ぷらそにか」のメンバーでもあるわけですが、最

初にYOASOBIの話を聞いたときは、どう思われましたか？

ikura　小説を読むことはとても好きでしたが、「小説を音楽にする」というコンセプトは、正直言って想像すらできませんでした。シンガー・ソングライターとして活動していた私が、世界観も楽曲づくりも他人に任せていいのかという戸惑いもありました。でもAyaseさんの「ラストリゾート」という楽曲を聴いたときに、直感的に一緒にやりたいなって。面白いプロジェクトになると確信したんです。

――YOASOBIといえば、「小説を音楽にする」ことだけでなく、楽曲ごとに作られる独特のミュージックビデオも魅力的ですよね。

Ayase　入口がたくさんあることが重要なんです。楽曲からでも、小説からでも、映像からでもいい。楽曲を聴いてから小説を読むと面白さが深まるでしょうし、また楽曲に戻れば違ったものが見えてくるかもしれない。さらに映像に込められた仕掛けもわかってくる……そうやって三つの世界を行き来することによって、作品のテーマに迫ったり、思いがけない広がりを楽しんだりしてほしいです。

楽曲、小説、映像が組み合わさってひとつの作品になっていますから、どこから入っても構いません。せっかくなら、一つだけでなく他のものにも触れてほしいですし、作品の立体的な世界を楽しんでほしい。その「参加」できる感覚こそが、YOASOBIが広がっている理由だと思うんです。先に公開された小説を読んでどんな楽曲ができてくるのかを待ってもいいですし、楽曲を聴いてから小説を読んでもいい。自由にYOASOBIを楽しんでくれたら嬉しい。

ikura　いま、YOASOBIにできることが、どんどん広がっているように感じています。スタートのときには考えてもみなかったようなことにチャレンジするための土台が、楽曲、小説、映像のそれぞれにできている状態は、本当に楽しいです。

——ますますYOASOBIの世界が広がっていきそうですね。本日はありがとうございました。

（二〇二〇年七月七日　SME六番町ビルにて収録）

構成：田中久勝

Ayase

1994年4月4日生まれ、山口県出身。2018年12月にVOCALOID楽曲を投稿開始。切なさと哀愁を帯びたメロディ、考察意欲を掻き立てる歌詞で人気を博し、2019年4月に発表した「ラストリゾート」はYouTube 600万回再生突破。2019年11月リリースの初EP「幽霊東京」は即売、通販共に即完。ボカロ楽曲を自身が歌唱するセルフカバーにも定評があり、「幽霊東京」は600万回、「夜撫でるメノウ」も300万回再生を突破。ボカロP、YOASOBIのコンポーザーとしての活動に加え、さまざまなアーティストへの楽曲提供も手掛ける、2020年最注目のアーティストである。

ikura

シンガー・ソングライター、幾田りらとして活動し、2019年11月にはセカンドミニアルバム『Jukebox』を発売。東京海上日動あんしん生命のCMやカメラアプリSNOWのミュージックビデオ、そして2020年8月よりGoogle Pixel新CMでの歌唱など、一度聞いたら耳を離れないその歌声が注目を浴びている。アコースティックセッションユニット「ぷらそにか」にも在籍。

プレミアム特典動画　購入者全員サービス

発売を記念して、ご購入いただいた方のみが見られる特典動画を用意しました。
スマートフォンで下記のQRコードを読み取ることで、
特典動画を見ることができます。

視聴方法

動画の視聴はスマートフォンでQRコードを読み込み、
画面の指示に従って映像をお楽しみください。

※ Wi-Fi等での鑑賞をお勧めします。

注意

- コンテンツ内容は予告なく変更することがあります。
- 2021年9月までの配信を予定していますが、予告なく中断することがあります。
- 朗読内容には本書に掲載された作品と異なる箇所があります。
- このコンテンツの利用に際し、端末不良・故障・不具合、及び、
  体調不良などが発生したとしても、そのすべての責任を弊社は負いません。
  すべて自己責任で視聴してください。
- 動画やQRコードを無断で公開した場合、相応の対応を行います。

［初出］
monogatary.com
書籍化にあたって各作品に加筆修正を加えています。

［編集協力］
株式会社ソニー・ミュージックエンタテインメント

［ブックデザイン］
bookwall

［写真・朗読動画撮影］
鈴木ゴータ

夜《よる》に駆《か》ける　YOASOBI小説集《しょうせつしゅう》

2020年9月20日　第1刷発行
2021年4月22日　第15刷発行

著　者——星野舞夜《ほしのまよ》・いしき蒼太《そうた》
しなの・水上下波《みなかみかなみ》

発行者——島野浩二

発行所——株式会社双葉社
東京都新宿区東五軒町3-28　郵便番号162-8540
電話03(5261)4818〔営業〕
03(5261)4828〔編集〕
http://www.futabasha.co.jp/
(双葉社の書籍・コミック・ムックが買えます)

DTP製版—株式会社ビーワークス

印刷所——大日本印刷株式会社

製本所——株式会社若林製本工場

カバー印刷——大日本印刷株式会社

JASRAC 出 2007061-115